LES B

# YASUNARI KAWABATA

*Prix Nobel de Littérature 1968*

# Les Belles Endormies

ROMAN TRADUIT DU JAPONAIS PAR R. SIEFFERT

ALBIN MICHEL

*Titre original :*

NEMURERU BIJO

I

« Et veuillez éviter, je vous en prie, les taquineries
de mauvais goût! N'essayez pas de mettre les
doigts dans la bouche de la petite qui dort! Ça ne
serait pas convenable! » recommanda l'hôtesse au
vieil Eguchi.

Au premier étage, il n'y avait que deux pièces,
celle de huit nattes où s'entretenaient Eguchi et la
femme, et celle d'à côté, une chambre à coucher
probablement; quant à l'étroit rez-de-chaussée
qu'il avait vu en passant, il ne semblait pas comporter de salon, de sorte que la maison ne méri-
tait pas le nom d'hôtel. Nulle enseigne n'indiquait
du reste que ce fût une auberge. D'ailleurs, le mystère de cette maison interdisait sans doute
pareille publicité. L'on n'y entendait pas le moindre bruit. Hormis la femme qui avait accueilli le
vieil homme au portail verrouillé et avec qui il
conversait en ce moment même, il n'avait aperçu
âme qui vive; mais Eguchi, dont c'était la première visite, n'avait pu démêler si elle était la
patronne ou une employée. Quoi qu'il en fût,
mieux valait sans doute que le visiteur s'abstînt
de poser des questions superflues.

La femme, dans la quarantaine, était menue, sa
voix était jeune, avec des inflexions comme à des-

sein atténuées. Elle remuait ses lèvres minces sans les écarter, et elle évitait de regarder le visage de son interlocuteur. Dans ses prunelles d'un noir épais, il y avait un reflet qui désarmait la méfiance de l'autre, mieux, une tranquille familiarité, comme si, de son côté, pareillement, toute méfiance eût été bannie. Dans la bouilloire posée sur le brasero de bois de paulownia, de l'eau chauffait; de cette eau, la femme s'était servie pour faire infuser le thé, et ce thé, remarquable par sa qualité et sa préparation, réellement surprenantes en pareil lieu et pareille circonstance, avait détendu le vieil Eguchi. Dans le *toko-no-ma* était suspendue une peinture de Kawai Gyokudô, une reproduction sans aucun doute, d'un paysage de montagne aux chaudes couleurs de l'automne. Rien n'indiquait que cette pièce de huit nattes pût dissimuler quoi que ce soit d'insolite.

« Ne cherchez pas à réveiller la petite. Car quoi que vous fassiez pour essayer de la réveiller, jamais elle n'ouvrira les yeux... Elle est profondément endormie et ne se rend compte de rien, répéta la femme.

« Car la fille dort tout d'une traite, et du début à la fin elle ignore tout. Même avec qui elle aura passé la nuit... N'ayez donc aucune inquiétude. »

Divers soupçons effleurèrent l'esprit du vieil Eguchi, mais il n'en formula aucun.

« C'est une belle fille! Et d'ailleurs, nous ne recevons ici que des clients de tout repos... »

Eguchi, pour détourner les yeux, laissa tomber son regard sur sa montre-bracelet.

« Quelle heure est-il ?

— Onze heures moins le quart !

— Si tard déjà ! Les vieux messieurs, semble-t-il, se couchent tôt et se lèvent de bon matin; aussi, quand il vous plaira!... »

Ce disant, la femme se leva et tourna la clef de la porte qui donnait dans la chambre voisine. Etait-elle gauchère? Toujours est-il qu'elle s'était servie de la main gauche. Le détail était insignifiant, mais Eguchi, suspendu aux gestes de la femme qui tournait la clef, retint son souffle. La femme, la tête inclinée dans l'entrebâillement de la porte, regardait dans l'autre pièce. Elle avait l'habitude sans aucun doute de regarder ainsi dans la chambre voisine, et sa silhouette vue de dos n'avait rien que de banal, mais Eguchi la trouva étrange. Sur le nœud de sa ceinture s'étalait l'image d'un curieux oiseau. Pourquoi donc avait-on doté cet oiseau stylisé d'yeux et de pattes réalistes? Bien sûr, l'oiseau n'avait rien d'inquiétant, et ce n'était rien d'autre qu'un dessin maladroit, mais ce qui, à la silhouette de cette femme, donnait un côté inquiétant, c'était précisément cet oiseau. Le fond de la ceinture était jaune clair, presque blanc. La chambre voisine semblait plongée dans la pénombre.

La femme referma la porte et, sans avoir tourné la clef, elle déposa celle-ci sur la table, devant Eguchi. Rien dans son expression n'indiquait le résultat de son examen, et ses inflexions restaient les mêmes.

« Voici la clef, reposez-vous à votre aise. Si par hasard vous n'arriviez pas à vous endormir, vous trouverez un somnifère à votre chevet.

— N'auriez-vous pas quelque liqueur?

— Non. Nous ne servons pas d'alcool.

— Pas même un peu de *saké* pour dormir?

— Non.

« — La jeune personne se trouve dans la chambre voisine, n'est-ce pas ?

— Elle est déjà endormie et elle vous attend.

— Ah ! bon ? » Eguchi eut un léger sursaut. Cette fille, quand donc était-elle entrée dans la pièce voisine ? Depuis quand dormait-elle donc ? Si la femme avait entrouvert la porte et jeté un coup d'œil, sans doute était-ce pour s'assurer du sommeil de la fille. Que celle-ci l'attendrait plongée dans le sommeil et ne se réveillerait pas, il l'avait su par un vieil ami qui connaissait la maison, mais maintenant qu'il s'y trouvait, la chose lui paraissait incroyable.

« Voulez-vous vous changer ici ? » La femme semblait disposée à l'aider. Eguchi ne répondit point.

« On entend le bruit des vagues. Et le vent...

— Le bruit des vagues ?

— Dormez bien ! » dit la femme, et elle se retira.

Resté seul, le vieil Eguchi parcourut des yeux la pièce de huit nattes, innocente et sans mystère, puis son regard s'arrêta sur la porte de la chambre voisine. C'était une porte en bois de cryptomère, large d'une demi-toise. Elle ne datait pas de l'époque où cette maison avait été construite, mais semblait avoir été rajoutée par la suite. Il regarda plus attentivement : il était probable qu'à la place de la cloison qui séparait les deux pièces, il y avait eu à l'origine des panneaux mobiles que l'on avait ensuite remplacés par cette cloison pour ménager la chambre secrète des « Belles Endormies ». La peinture de cette cloison était de la même couleur que le reste, mais elle paraissait récente.

Eguchi prit en main la clef que la femme lui

avait laissée en partant. C'était une clef toute simple. Prendre la clef, c'était se préparer à passer dans l'autre pièce, mais Eguchi ne se leva point. Ainsi que l'avait fait observer la femme, le bruit des vagues était rude. On les entendait comme si elles battaient le pied d'une haute falaise. Et comme si cette petite maison se dressait sur l'arête de la falaise. Le vent était le bruit annonciateur de l'hiver. S'il le ressentait de la sorte, était-ce cette maison qui en était la cause, ou était-ce son propre cœur, le vieil Eguchi n'en savait rien; toujours est-il qu'il ne faisait pas froid, bien qu'il n'y eût là qu'un brasero. C'était du reste une région au climat chaud. Rien n'indiquait que le vent dispersât les feuilles des arbres. Eguchi était arrivé tard dans la nuit, aussi n'avait-il pu distinguer la disposition des lieux, mais il percevait l'odeur de la mer.

Passé le portail, il y avait un jardin relativement vaste pour une pareille maison, avec un certain nombre de pins et d'érables de taille respectable. Sur le ciel obscur, les aiguilles des pins noirs se dessinaient avec vigueur. Ç'avait dû être autrefois une maison de vacances.

La clef à la main, Eguchi alluma une cigarette, en tira une ou deux bouffées, puis en écrasa l'extrémité à peine entamée sur le cendrier, mais il en reprit aussitôt une seconde qu'il prit le temps de fumer. Il eût voulu se moquer du léger émoi qu'il éprouvait, mais plus encore l'envahissait un sentiment déplaisant de vide. D'ordinaire, Eguchi usait d'une goutte d'alcool pour s'endormir, mais il avait le sommeil léger et il était sujet aux cauchemars. Dans un de ses poèmes, une poétesse morte jeune d'un cancer avait dit à propos des nuits d'insomnie :

*Voici que la nuit me prépare*
*des crapauds, des chiens crevés, des noyés.*

Eguchi avait retenu ces vers et ne les pouvait plus oublier. Cette fois encore, se souvenant de ce poème, il se demanda si la fille qui était endormie, ou plutôt que l'on avait endormie dans la chambre voisine, n'était point de l'espèce de ces « noyés », et cela le faisait hésiter à se lever pour la rejoindre. On ne lui avait pas dit par quel moyen on l'avait endormie, mais quoi qu'il en fût, puisqu'elle était, selon toute apparence, plongée dans l'inconscience d'un lourd sommeil qui ne pouvait être naturel, sans doute avait-elle, comme les drogués, le teint plombé, les yeux cernés, les côtes saillantes, et tout le corps maigre et sec comme du bois mort. Peut-être aussi était-ce une fille flasque, froide et bouffie. Peut-être découvrait-elle des gencives violettes et malsaines qui laissaient échapper un léger ronflement. Le vieil Eguchi, au cours des soixante-sept années de sa vie, avait connu bien entendu des nuits déplaisantes avec des femmes. Et c'étaient des déconvenues de ce genre que précisément il n'avait pu oublier. Or, ces déconvenues n'étaient point dues à quelque disgrâce physique, mais provenaient d'une déviation malheureuse dans la vie de ces femmes. Eguchi n'éprouvait nulle envie, à l'âge qu'il avait, de faire l'expérience d'une nouvelle déconvenue avec une femme. Il était venu dans cette maison, et voilà quelles étaient ses pensées à l'instant critique. Et pourtant, pouvait-il exister chose plus horrible qu'un vieillard qui se disposait à coucher une nuit entière aux côtés d'une fille que l'on avait endormie pour tout ce temps et qui n'ouvrirait pas l'œil ? Eguchi n'était-il pas venu dans cette maison pour rechercher cet absolu dans l'horreur de la vieillesse ?

« Des clients de tout repos », avait dit la femme, et il était vraisemblable en effet que ceux qui venaient dans cette maison étaient tous « des clients de tout repos ». Celui qui avait indiqué la maison à Eguchi était lui-même un vieil homme de cette sorte, un vieillard qui déjà avait cessé d'être un homme. Et qui devait avoir supposé qu'Eguchi était lui aussi tombé dans la même disgrâce. L'hôtesse, habituée probablement à ne traiter que des vieillards de cette espèce, n'avait accordé à Eguchi le moindre regard de pitié, ni témoigné à son encontre le moindre soupçon. Le vieil Eguchi toutefois, grâce à la pratique constante des plaisirs, n'était pas encore ce que la femme appelait « un client de tout repos », mais il pouvait l'être de par sa propre volonté, selon l'humeur du moment, selon le lieu, ou encore selon la partenaire. Et voilà que le talonnait déjà l'horreur de la vieillesse, et que, songeait-il, la misère des vieux clients de cette maison n'était plus très éloignée de lui. Son envie de venir ici en était le signe, et rien d'autre. C'est pourquoi Eguchi ne pensait pas le moins du monde à enfreindre les interdits horribles, ou pitoyables, imposés en ces lieux aux vieillards. S'il entendait ne pas les enfreindre, il le saurait bien. Sans doute pouvait-on appeler cela un club secret, mais les vieillards qui en étaient les membres paraissaient être peu nombreux, et quant à Eguchi, il n'avait le dessein ni de dénoncer les méfaits du club, ni de contrevenir à ses usages. Que la curiosité même n'eût pas agi sur lui avec plus de force trahissait déjà le désarroi de la vieillesse.

« Il y a des clients qui disent qu'ils ont fait de beaux rêves pendant qu'ils dormaient. Et d'autres que ça leur a rappelé le temps de leur jeunesse. »

Ces paroles de la femme revinrent à l'esprit du vieil Eguchi quand, sans même un sourire amer sur son visage, il se leva en prenant d'une main appui sur la table et qu'il ouvrit la porte qui donnait dans la chambre voisine.

« Ah ! »

Ce qui avait provoqué cette exclamation d'Eguchi, c'était la tenture de velours cramoisi. Dans l'éclairage diffus, la couleur en paraissait plus profonde, de sorte que l'on avait l'impression qu'il y avait, en avant de la tenture, une zone de lumière ténue, comme si l'on pénétrait dans un monde fantomatique. La tenture entourait la chambre des quatre côtés. La porte par où Eguchi était entré devait être elle aussi dissimulée par la tenture, dont le bord était froissé à cet endroit. Eguchi ferma la porte à clef puis, écartant la tenture, il regarda la fille endormie. Ce n'était pas un sommeil feint, car il pouvait entendre sa respiration qui indiquait sans conteste qu'elle dormait profondément. Devant la beauté imprévue de la fille, le vieil homme eut le souffle coupé. Sa beauté n'était pas la seule chose imprévue. Sa jeunesse l'était tout autant. Elle lui faisait face, étendue sur le côté gauche, le visage seul découvert; son corps était invisible, mais sans doute n'avait-elle pas vingt ans encore. Dans la poitrine d'Eguchi, ce fut comme si un cœur nouveau déployait ses ailes.

Le poignet droit de la fille dépassait et le bras gauche paraissait étendu en oblique sous la couverture, mais la main droite reposait sur l'appui-tête, le long du visage aux yeux clos, le pouce seul à demi caché sous la joue, le bout des doigts amollis par le sommeil légèrement recourbé vers le dedans, mais pas replié cependant au point que l'on ne pût deviner le pli délicat des jointures. La coloration rose d'un sang chaud allait s'intensifiant du dos de la main à la pointe des doigts. C'était une main blanche, d'apparence lisse.

« Tu dors ? Tu ne te réveilles pas ? »

Le vieil Eguchi avait dit cela comme pour se donner le prétexte de toucher cette main, puis il la serra tout entière dans sa paume, et il essaya de la secouer légèrement. Que la fille ne s'éveillerait pas, il le savait bien. Toujours serrant la main, Eguchi regarda le visage, se demandant quelle sorte de fille ce pouvait être. Les sourcils n'étaient pas abîmés par les fards et les cils joints étaient parfaits. Il respirait l'odeur des cheveux.

Quelques instants durant, le bruit des vagues avait paru plus fort, et c'était parce qu'Eguchi avait eu le cœur ravi par la fille. Cependant, résolument, il se déshabilla. Alors seulement il s'avisa de ce que la lumière de la chambre venait d'en haut et il leva les yeux : au plafond, il y avait deux ouvertures qui diffusaient la lumière de lampes électriques masquées par des feuilles de papier du Japon. Pareil éclairage convenait-il au velours cramoisi ? Etait-ce cette lumière qui, réfléchie par le velours, donnait à la peau de la fille sa beauté irréelle comme d'une vision ? Eguchi, malgré son trouble, tenta d'y réfléchir calmement, mais ce n'était pas la couleur du velours qui colorait le visage de la fille. Ses yeux s'habituaient peu à peu à l'éclairage de la chambre, et pour Eguchi, habitué à dormir toujours dans l'obscurité, il faisait trop clair, mais selon toute apparence il ne pouvait éteindre la lumière du plafond. Il constata encore que la literie était d'excellent duvet.

Eguchi, craignant que la fille malgré tout ne se réveillât, se glissa doucement dans la couche. Il lui parut qu'elle n'avait rien sur le corps. De plus, aucun signe, que ce fût une contraction de la poitrine, un tressaillement des hanches, ne montra qu'elle eût senti le vieillard se glisser à ses côtés. Quelque profond que fût son sommeil, il semblait qu'une jeune femme aurait dû réagir par réflexe, mais ce n'était pas là après tout un sommeil normal, se dit Eguchi qui se raidit comme pour éviter tout contact avec la fille. Comme elle avançait vers lui ses genoux légèrement pliés, les jambes d'Eguchi s'en trouvaient gênées. Couchée sur le côté gauche, elle n'était pas en position de défense, le genou droit reposant sur le gauche et le dépassant, mais le genou droit en arrière et la jambe droite apparemment tendue, il s'en rendait compte sans le voir. Les épaules et le bassin se présentaient sous des angles différents en raison de la torsion du buste. La fille ne paraissait pas très grande.

Le sommeil la tenait engourdie jusqu'au bout des doigts de la main qu'Eguchi tout à l'heure avait serrée et secouée, et qui, retombée, gardait la position prise lorsqu'il l'avait lâchée. Quand le vieillard tira à lui son propre appui-tête, la main de la fille retomba. Eguchi, le coude sur l'appui-tête, contempla la main. « On dirait vraiment qu'elle est vivante », murmura-t-il. Qu'elle fût vivante, il n'en avait jamais douté, et il avait murmuré cela qui signifiait qu'il la trouvait charmante, mais à peine proférées, ces paroles avaient pris une résonance inquiétante. La fille, endormie sans qu'elle se doutât de rien, avait perdu conscience, mais encore que le cours de son temps vital n'en fût point suspendu, n'en était-elle pas moins plongée dans un abîme sans fond? Cela ne faisait pas d'elle une poupée vivante, car il n'existe point de poupée vivante, mais l'on en avait fait un jouet vivant afin d'épargner tout sentiment de honte à des vieillards qui déjà n'étaient plus des hommes. Ou mieux encore qu'un jouet, pour des vieillards de cette sorte, elle était, qui sait, la vie en soi. Une vie qui pouvait être ainsi touchée en toute sécurité. Pour les yeux presbytes d'Eguchi, la main toute proche de la fille semblait plus douce encore et plus belle. Elle était lisse au toucher, mais la finesse de sa texture échappait à la vue.

La coloration rose due à un sang chaud, plus foncée en allant vers la pointe des doigts, apparaissait avec la même nuance dans le lobe de l'oreille. L'oreille se montrait entre les cheveux. Le rose du lobe de l'oreille accusait la fraîcheur de la fille au point que le vieillard en eut le cœur étreint. Eguchi avait pour la première fois échoué dans cette maison mystérieuse poussé par son goût de l'insolite, mais il en venait à se demander si des vieillards plus décrépits que lui ne retiraient pas de la fréquentation de cette maison des joies et des peines bien plus puissantes. Les cheveux de la fille étaient comme la nature les avait faits. Peut-être les avait-on laissés pousser afin que les vieillards y puissent plonger leurs mains. Eguchi, le cou sur l'appui-tête, releva les cheveux de la fille et dégagea l'oreille. Les cheveux faisaient derrière l'oreille une ombre blanche. Le cou et l'épaule étaient d'une adolescente. Ils n'avaient pas la ronde plénitude de la femme. Le vieillard détourna les yeux et parcourut la chambre du regard. Les vêtements qu'il venait de quitter étaient dans la corbeille, mais nulle part il n'apercevait ceux de la fille. Sans doute la femme les avait-elle emportés, à moins de supposer que la fille fût entrée dans cette chambre totalement dévêtue; à cette idée, Eguchi se sentit gêné. Il lui était loisible de la contempler tout entière. Il n'avait plus désormais à se sentir gêné, et il comprenait bien que c'était précisément dans ce but qu'elle avait été endormie, mais Eguchi n'en tira pas moins la couverture sur son épaule découverte, puis il ferma les yeux. L'odeur de la fille flottait dans l'air et, soudain, une odeur de bébé frappa ses narines. Cette odeur qu'ont les nourrissons, qui rappelle celle du lait. Plus douceâtre et plus épaisse que l'odeur d'une fille. Allons donc! Il était peu vraisemblable que cette fille-là ait eu un enfant, qu'elle ait eu une montée de lait et que ce lait eût filtré de son sein. Comme pour s'en assurer, Eguchi regarda le front et la joue de la fille, puis la ligne juvénile qui reliait le menton au cou. Bien que cela lui suffît pour être fixé, il souleva un peu la couverture qu'il avait tirée sur l'épaule et jeta un coup d'œil. Il était évident que les formes n'étaient pas celles d'une femme qui allaite. Furtivement, il toucha du bout des doigts; il n'y avait pas trace d'humidité. D'autre part, à supposer même que cette fille eût moins de vingt ans, l'on pouvait à la rigueur dire d'elle qu'elle sentait encore le lait, mais ce n'était là qu'une façon de parler, et il était invraisemblable que son corps eût gardé une odeur de lait comme celui d'un bébé. Et de fait, son odeur était bien celle d'une femme. Et pourtant le vieil Eguchi avait à l'instant même perçu distinctement une odeur de nourrisson. Etait-ce une fugitive hallucination des sens? Mais pourquoi pareille hallucination se serait-elle produite? Il avait beau s'interroger, il n'y comprenait rien; sans doute, par une faille subite de sa conscience, la réminiscence de cette odeur était-elle remontée à la surface. Tout en réfléchissant ainsi, Eguchi était envahi par un sentiment de solitude empreint de tristesse. Plutôt que solitude et tristesse, c'était la détresse glacée de la vieillesse. Puis ce sentiment fit place à la pitié et à l'attendrissement à l'égard de la fille dont l'odeur évoquait la chaleur de la jeunesse. Peut-être s'y était-il soudain mêlé l'appréhension confuse et froide de sa culpabilité et le vieil homme ressentit l'impression qu'une musique s'élevait du corps de la fille. Une musique chargée d'amour. Eguchi eut comme une envie de s'enfuir, et son regard parcourut les quatre murs, mais la tenture de velours le cernait de toute part, comme s'il n'y avait aucune issue possible. Le velours cramoisi éclairé par la lumière qui tombait du plafond était souple, mais nul souffle ne l'agitait. Il emprisonnait la fille endormie et le vieillard.

« Ne te réveilleras-tu pas? Ne te réveilleras-tu pas? » Eguchi avait saisi l'épaule de la fille et l'avait secouée, puis il lui souleva la tête, et de nouveau : « Ne te réveilleras-tu pas? »

Ce qui l'avait fait agir ainsi, c'était une émotion surgie du plus profond de son être et qui le portait vers cette fille. Qu'elle fût endormie, qu'elle ne parlât point, qu'elle ignorât jusqu'au visage et à la voix du vieil homme, bref qu'elle fût là comme elle l'était, totalement indifférente à l'être humain du nom d'Eguchi qui était là en face d'elle, tout cela lui était subitement devenu insupportable. Son existence à lui était rigoureusement étrangère à la fille. Cependant, s'il n'y avait aucune raison pour qu'elle ouvrît les yeux, sur la main du vieillard pesait le poids de sa tête endormie; et qu'elle parût avoir légèrement froncé les sourcils pouvait être interprété comme une vivante réponse de sa part. Eguchi doucement reposa la main.

S'il avait suffi d'une secousse pour réveiller la fille, cette maison eût tôt perdu son mystère dont le vieux Kiga, celui qui avait introduit Eguchi, avait dit que c'était « comme si l'on couchait avec un Bouddha caché ». Une femme qui en aucun cas ne se réveillerait, c'était là certainement, pour les vieux « clients de tout repos », une tentation, une aventure, une volupté de tout repos. Le vieux Kiga avait dit à Eguchi que des gens comme lui ne se sentaient revivre qu'en ces moments où ils se trouvaient aux côtés d'une femme que l'on avait endormie. Un jour qu'il était venu voir Eguchi chez lui, il avait aperçu une chose rouge tombée sur la mousse du jardin que flétrissait l'automne et, intrigué, il était allé aussitôt la ramasser. C'était la baie rouge d'un aucuba. Il y en avait un certain nombre, dispersées un peu partout. Kiga n'en avait ramassé qu'une seule et tout en la roulant entre ses doigts il avait parlé de la maison mystérieuse. Quand le désespoir de vieillir lui devenait insupportable, avait-il dit, il allait dans cette maison.

« Voilà une éternité déjà que j'ai perdu tout espoir de posséder une femme. Eh bien, il y a des gens qui vous préparent des femmes qui dorment d'un bout à l'autre sans se réveiller ! »

Une femme plongée dans le sommeil, qui ne parle de rien, qui n'entend rien, pour un vieillard incapable désormais de se comporter en homme avec les femmes, n'était-ce pas comme si elle était prête à parler de tout, prête à tout entendre ? Pour le vieil Eguchi cependant, c'était sa première expérience avec cette sorte de femmes. La fille, elle, avait sûrement connu bien des expériences avec ce genre de vieillards. Soumise à tout et ignorante de tout, étendue là, avec son visage ingénu, plongée dans un sommeil léthargique, elle respirait paisiblement. Peut-être certains vieillards caressaient-ils la fille par tout le corps, et certains peut-être pleuraient-ils bruyamment sur eux-mêmes. Quoi qu'ils fissent, la fille n'en pouvait rien savoir. Eguchi avait beau s'en persuader, il n'en restait pas moins incapable de rien entreprendre; fût-ce pour retirer sa main de dessous la nuque de la fille, il prenait mille précautions comme s'il maniait un objet fragile, mais en même temps son envie de la réveiller brutalement ne s'apaisait point.

Quand la main du vieil Eguchi se retira de dessous la nuque de la fille, elle tourna doucement le visage, les épaules suivirent le mouvement et elle s'étendit sur le dos. Eguchi crut qu'elle allait s'éveiller, et il s'en tint écarté. Le nez et les lèvres de la fille, dirigés vers le haut, baignés dans la lumière du plafond, avaient l'éclat de la jeunesse. Elle souleva la main gauche et la porta à la bouche. Il semblait qu'elle allait sucer son index, à croire que c'était une habitude qu'elle avait en dormant, mais elle ne fit que l'appuyer légèrement sur les lèvres. Cependant les lèvres s'étaient desserrées et les dents apparaissaient. Elle avait respiré par le nez, maintenant elle respirait par la bouche et son souffle semblait être devenu un peu plus rapide. Eguchi se demanda si elle souffrait. Mais il n'en était rien, sans doute, et comme ses lèvres s'étaient desserrées, l'on eût dit d'un sourire qui flottait sur ses joues. De nouveau, le bruit des vagues qui battaient la falaise sonna plus proche aux oreilles d'Eguchi. A en juger par le bruit qu'elles faisaient en déferlant, il devait y avoir des rochers au pied de la falaise. L'eau de mer retenue derrière les rochers devait s'écouler avec un certain retard. Plus que le souffle exhalé par le nez, l'haleine que la fille rejetait par la bouche avait une odeur prononcée. Cependant, elle ne sentait pas le lait. Le vieil homme réfléchissait, intrigué, à l'origine de cette odeur de lait qui l'avait assailli subitement, et se demanda si l'odeur de cette fille était bien l'odeur d'une femme.

Le vieil Eguchi avait un petit-fils qui sentait encore le nourrisson. L'image de cet enfant effleura son esprit. Ses trois filles étaient casées, et chacune lui avait donné des petits-enfants, mais il se souvenait non seulement du temps où ses petits-enfants sentaient le lait, mais aussi d'avoir porté sur les bras ses filles alors qu'elles étaient des nourrissons. Etait-ce l'odeur de lait des bébés de sa famille, dont le souvenir soudain ravivé avait envahi Eguchi ? Ou plutôt non, ce devait être l'odeur de la compassion que son cœur avait éprouvée pour la fille endormie. Eguchi à son tour s'étendit sur le dos et, veillant à éviter le moindre contact avec elle, il ferma les yeux. Mieux valait prendre le somnifère préparé à son chevet. Il était évident qu'il était moins énergique que celui que l'on avait administré à la fille. Il se réveillerait sans nul doute avant elle. Sinon le mystère et l'attrait de cette maison s'effondreraient. Eguchi ouvrit le sachet de papier déposé à son chevet, qui contenait deux comprimés blancs. S'il en avalait un, il se trouverait dans un état d'engourdissement, entre le rêve et la réalité; s'il avalait les deux, il tomberait dans un sommeil de mort. Ne serait-ce pas là la meilleure solution, se demandait-il en contemplant les comprimés, et c'est alors que des souvenirs déplaisants et troublants liés au lait revinrent à sa mémoire.

« Ça pue le lait! Mais c'est vous qui sentez le lait! Ça sent le bébé! » La femme qui était en train de plier le veston qu'Eguchi venait de retirer avait changé de couleur et lui jetait des regards furieux. « Ce doit être le bébé de chez vous! Vous, vous avez porté votre bébé avant de sortir de chez vous! Oui, ce doit être ça! »

Les mains de la femme tremblaient violemment. « Ah! C'est dégoûtant, c'est dégoûtant! » s'était-elle écriée et, se levant, elle lui avait lancé le vêtement. « Vous me dégoûtez! Venir chez moi après avoir porté un bébé, juste avant de partir! » Sa voix donnait le frisson, mais l'expression de son visage était plus terrible encore. La femme était sa maîtresse, une geisha. Elle savait qu'Eguchi avait femme et enfants, et elle l'acceptait, mais l'odeur de nourrisson avait provoqué chez elle une violente flambée de haine et de jalousie. Les relations entre Eguchi et cette geisha s'étaient à partir de là rapidement dégradées.

L'odeur que la geisha détestait lui venait alors de sa plus jeune fille, mais avant son mariage déjà il avait eu une amie. Les parents de cette fille en étaient venus à la surveiller de près, et leurs rares rencontres avaient pris un tour frénétique. Un jour, comme Eguchi détachait d'elle son visage, il s'aperçut que du sang perlait autour du bouton de son sein. Eguchi en avait été surpris. Cependant, sans en rien laisser paraître, il avait rapproché le visage, doucement cette fois, et il avait bu le sang. La fille, extasiée, ne s'était aperçue de rien. Plus tard, quand elle fut revenue de son égarement, Eguchi lui en avait parlé, mais elle lui affirma qu'elle n'avait pas senti la douleur.

Il était étrange que ces deux souvenirs se fussent présentés à son esprit en ce moment, car ils remontaient d'un passé déjà lointain. Il était incroyable que de pareils souvenirs enfouis en lui aient pu subitement provoquer l'impression que cette fille-ci sentait le lait. En fait, on parle de passé lointain, mais chez l'homme mémoire et réminiscences ne peuvent sans doute être qualifiées de proches ou lointaines en fonction uniquement de leur date ancienne ou récente. Il peut arriver que, mieux qu'un fait de la veille, un événement de l'enfance, vieux de soixante années, soit conservé dans notre mémoire et resurgisse de la façon la plus nette et la plus vivante. Cela ne se produit-il pas plus précisément quand on vieillit ? Du reste, n'est-il pas des cas où ce sont les événements de l'enfance qui créent la personnalité et déterminent la vie tout entière ? La chose en elle-même était peut-être insignifiante, mais ce qui, pour la première fois, lui avait appris que les lèvres d'un homme pouvaient faire jaillir le sang d'à peu près n'importe quel endroit d'un corps féminin, c'était le sang qui avait perlé du sein de cette fille, et s'il avait, après son aventure avec elle, plutôt évité de faire couler le sang d'une femme, le sentiment qu'il avait obtenu d'elle un don susceptible d'accroître la force vitale d'un homme, ce sentiment-là n'était point effacé aujourd'hui même, à soixante-sept ans révolus.

Chose plus insignifiante encore s'il se peut, Eguchi, tout jeune alors, s'était entendu dire en confidence par la femme du directeur d'une importante société, une femme d'âge mûr, une femme qui avait une haute réputation de vertu, et de plus une femme qui avait de nombreuses relations mondaines :

« Le soir, avant de m'endormir, je ferme les yeux et j'essaie de compter les hommes par qui il ne me déplairait pas de me laisser embrasser. Je les compte sur mes doigts. C'est amusant. Et quand je n'arrive pas jusqu'à dix, je me sens abandonnée! »

A ce moment-là, cette dame était en train de danser une valse avec Eguchi. Comme le jeune homme crut comprendre que si elle lui avait fait soudain cet aveu, c'est qu'elle avait dû sentir en lui un de ces hommes par qui il ne lui aurait pas déplu de se laisser embrasser, aussitôt il relâcha la pression de ses doigts sur la main de la femme.

« Tout juste histoire de compter... », lui avait-elle jeté négligemment, puis : « Vous qui êtes jeune, monsieur Eguchi, sans doute ne connaissez-vous pas cette impression de solitude à l'approche du sommeil, et si par hasard vous l'éprouviez, il vous suffirait de vous procurer une épouse, mais à l'occasion, essayez quand même. Il y a des jours où, pour moi du moins, c'est un excellent remède. »

Comme elle avait tenu ces propos d'une voix plutôt sèche, Eguchi n'avait rien répondu. Elle avait dit qu'elle essayait tout juste de compter, mais tout en comptant on pouvait se douter qu'elle évoquait le visage et le corps de ces hommes, et sans doute lui fallait-il un certain temps pour compter jusqu'à dix; sans doute aussi ses rêveries étaient-elles animées, se dit Eguchi quand le parfum à relents aphrodisiaques de cette dame, qui avait quelque peu dépassé l'âge de sa splendeur, vint brutalement frapper ses narines. De quelle manière allait-elle, avant de s'endormir, l'évoquer en sa qualité d'homme par qui il ne lui déplairait pas de se laisser embrasser, cela c'était sa liberté secrète, et cela ne regardait pas Eguchi, qui du reste ne pouvait l'en empêcher ni s'en plaindre, mais qu'il pût à son insu devenir le jouet de l'imagination d'une femme d'âge mûr l'avait laissé sur une impression de malpropreté. Cependant, aujourd'hui encore, il n'avait pas oublié les paroles de cette femme. La dame avait-elle essayé, sans en avoir l'air, de séduire le jeune Eguchi, ou bien avait-elle inventé son histoire pour se moquer de lui, il n'avait pas été sans le soupçonner par la suite, mais bien après cela, seules les paroles de cette femme étaient restées dans sa mémoire. Elle était morte depuis longtemps. Et le vieil Eguchi ne mettait plus ses paroles en doute. Cette femme vertueuse, de combien de centaines d'hommes avait-elle imaginé les baisers avant qu'elle ne mourût ?

Eguchi à son tour, à l'approche de la vieillesse, les nuits où le sommeil tardait à venir, s'était souvenu à l'occasion des paroles de la dame, et il lui était arrivé de compter des femmes, mais il refusait la facilité et il lui plaisait de passer en revue dans son souvenir non point celles qu'il ne lui eût point déplu d'embrasser, mais celles avec qui il avait été intime. Cette nuit encore, l'illusion de cette odeur de lait, provoquée par la fille endormie, avait entraîné l'évocation de son amie d'autrefois. A moins que ce ne fût au contraire le sang perlé du sein de celle-ci qui avait amené la soudaine illusion de l'odeur de lait, invraisemblable chez celle-là, et peut-être était-ce une des pitoyables consolations des vieillards que de s'abîmer dans le souvenir des femmes d'un passé à jamais révolu, en tripotant une belle qui ne pouvait s'éveiller de son profond sommeil, mais Eguchi éprouvait plutôt une chaude sérénité empreinte d'un sentiment de solitude. Il s'était contenté de vérifier du bout des doigts que les seins de la fille n'étaient pas mouillés, mais après cela nulle idée trouble n'avait surgi, comme par exemple d'effrayer la fille quand elle se réveillerait bien après lui-même, et qu'elle découvrirait du sang sur son sein. La forme du sein lui avait semblé belle. Cependant le vieillard se demandait distraitement comment il avait pu se faire que le sein de la femelle humaine, seule parmi tous les animaux, avait, au terme d'une longue évolution, pris une forme si belle. La beauté atteinte par les seins de la femme n'était-elle point la gloire la plus resplendissante de l'évolution de l'humanité?

Peut-être en était-il de même des lèvres de la femme. Le vieil Eguchi avait gardé le souvenir de femmes qui se maquillaient pour dormir, et de femmes qui se démaquillaient, mais il était des femmes aussi dont les lèvres, lorsqu'elles essuyaient le rouge, perdaient toute couleur ou laissaient apparaître une couleur trouble et malsaine. Le visage de la fille endormie à ses côtés était-il ou non légèrement fardé, il ne pouvait le discerner dans la lumière douce qui tombait du plafond et les reflets du velours qui entourait la pièce, mais il était certain qu'elle n'avait jamais recourbé ses cils. Les lèvres, et les dents qu'il entrevoyait entre les lèvres, avaient un éclat juvénile. Sans artifice d'aucune sorte, tel que de mâcher une substance aromatique, son haleine avait le parfum qu'exhale la bouche des jeunes femmes. Eguchi n'appréciait guère les seins aux aréoles largement épanouies et de couleur foncée, mais pour autant qu'il avait pu en juger quand il avait furtivement soulevé la couverture qui cachait l'épaule, elle les avait encore petits et couleur de pêche. Comme elle était étendue sur le dos, il lui eût été possible d'y appuyer sa poitrine et de lui baiser les lèvres. Ce n'était pas, tant sans faut, une femme qu'il eût été déplaisant d'embrasser. Pour un homme de l'âge d'Eguchi, avoir la possibilité d'en agir de la sorte avec une jeune femme valait certes un important dédommagement, et valait la peine de courir bien des risques; cela, Eguchi l'imaginait sans peine, ainsi que la joie qui devait submerger les vieillards qui venaient dans cette maison. Parmi ces vieillards, il devait certes se rencontrer des individus frénétiques dont Eguchi n'était pas sans deviner le comportement. Cependant, comme la fille dormait et ne se rendait compte de rien, sa beauté, telle qu'il la voyait là, ne s'en trouvait sans doute ni souillée, ni ravagée. Si Eguchi ne s'était pas abaissé à ce jeu hideux et diabolique, c'était parce que la fille était belle en son sommeil. La différence entre Eguchi et les autres vieillards tenait sans doute au fait qu'il lui restait encore de quoi se comporter en homme. Pour les autres vieillards, il était indispensable que la fille fût plongée dans un sommeil sans fond. Le vieil Eguchi, par deux fois déjà, et sans insister du reste, avait tenté de la réveiller. A supposer qu'elle eût contre toute attente ouvert les yeux, il ne savait pas lui-même quelles eussent été ses intentions à son égard, et pourtant il avait agi par tendresse pour la fille. Ou plutôt non, il se pouvait que ce fût par un sentiment de sa propre inanité et par peur.

« Comme elle dort! » S'apercevant qu'il aurait pu se dispenser de murmurer cela, le vieillard ajouta : « Ce n'est pas ce qu'on appelle le sommeil éternel! Même cette fille, même moi!... » En homme assuré de se réveiller vivant au matin de cette étrange nuit, ni plus ni moins qu'au terme d'une nuit ordinaire, il ferma les yeux. Le coude replié de la fille qui tenait l'index appuyé sur ses lèvres lui devenait une gêne. Eguchi saisit son poignet et lui allongea le bras contre le flanc. Comme, ce faisant, il avait rencontré le pouls, il le pressa contre l'index et le médius. Il battait, fascinant, et parfaitement régulier. La respiration était paisible, plus lente que celle d'Eguchi. Le vent par moments passait par-dessus le toit, mais ce n'était plus pour lui, comme tout à l'heure, le bruit annonciateur de l'hiver. Le bruit des vagues qui battaient la falaise, encore qu'il l'entendît plus fort, s'était adouci et la résonance de ce bruit qui montait de la mer apparaissait comme une musique venue du corps de la fille, à laquelle semblaient s'accorder d'autre part les battements du cœur, qui prolongeaient le pouls du poignet. Sous les paupières du vieillard, au rythme de la musique, voltigeait un papillon tout blanc. Eguchi lâcha le pouls de la fille. Il ne la touchait plus désormais de nulle part. L'odeur de sa bouche, l'odeur de son corps, l'odeur de ses cheveux n'avaient rien de brutal.

Les jours où, avec cette amie dont le sang avait perlé du sein, il fuyait vers Kyôto par la route du Nord, revinrent alors à la mémoire du vieil Eguchi. S'il parvenait à s'en souvenir en cet instant avec une telle acuité, peut-être était-ce parce qu'il baignait dans la chaleur du corps de cette fille ingénue. Sur la ligne de chemin de fer qui relie les provinces du Nord à Kyôto, il y avait de nombreux petits tunnels. Chaque fois que le train entrait dans un de ces tunnels, la fille, dont les appréhensions sans doute se réveillaient, rapprochait son genou de celui d'Eguchi et serrait sa main. Et quand le train sortait du tunnel, sur une colline ou sur une crique se déployait un arc-en-ciel.

« Comme c'est mignon ! » ou bien : « Comme c'est joli ! » s'écriait-elle à chacun de ces petits arcs-en-ciel, mais comme il lui suffisait de chercher des yeux à droite ou à gauche à chaque sortie de tunnel pour en découvrir un, et que les couleurs en étaient de plus en plus pâles au point d'en devenir indiscernables, elle avait fini par voir dans cette étrange profusion un signe de malheur.

« Serait-ce pas qu'on nous poursuit ? Si nous allons à Kyôto, on nous y rattrapera ! Et quand on m'aura ramenée, on ne me permettra plus de sortir de la maison ! »

Eguchi, qui venait tout juste de quitter l'université et de trouver une place, ne pouvait, selon toute apparence, vivre à Kyôto, et savait donc pertinemment qu'à moins de se tuer avec elle, il lui faudrait un jour ou l'autre retourner à Tôkyô, mais la vue des petits arcs-en-ciel l'avait fait penser aux charmes secrets de la fille, qu'il ne pouvait plus chasser de son esprit. Il les avait admirés dans une auberge au bord de la rivière de Kanazawa. C'était une nuit où tombait une neige poudreuse. Le jeune Eguchi avait été frappé par tant de beauté, au point qu'il en avait eu le souffle coupé et que ses larmes avaient jailli. Jamais plus par la suite, chez aucune des femmes qu'il avait connues au cours de plusieurs dizaines d'années, il n'avait vu pareille beauté ; il l'en avait d'autant mieux appréciée, et en était venu à penser que ses charmes secrets traduisaient la beauté des sentiments de cette fille ; il avait voulu rire de cette idée comme d'une insigne sottise, mais elle était devenue pour lui une vérité qui entraînait un flot de désirs, et c'était aujourd'hui encore un souvenir d'une force inébranlée jusque dans la vieillesse. De Kyôto, la fille avait été ramenée chez elle par un émissaire de sa famille, et peu de temps après on l'avait mariée.

Quand il l'avait retrouvée inopinément sur les berges de l'étang de Shinobazu à Ueno, elle se promenait avec un bébé qu'elle portait sur son dos. L'enfant était coiffé d'un bonnet de laine blanche. C'était à la saison où les lotus de l'étang sont flétris. Si cette nuit, aux côtés de la fille endormie, Eguchi voyait voltiger sous sa paupière un papillon blanc, était-ce, se demanda-t-il, à cause du bonnet blanc de ce bébé?

Quand il l'avait rencontrée sur les berges de l'étang de Shinobazu, il n'avait rien trouvé à dire d'autre qu'une formule banale : « Es-tu heureuse?

— Oui, je suis heureuse! » avait-elle répondu aussitôt. Sans doute ne pouvait-elle répondre que cela.

« Pourquoi te promènes-tu seule en pareil endroit avec un bébé? » A cette question bizarre, la fille avait considéré Eguchi sans mot dire.

« Garçon ou fille?

— Dis donc, c'est une fille! Ça ne se voit pas?

— Ton bébé, ce ne serait pas mon enfant à moi?

— Ah! mais non! Tu te trompes! »

Une lueur de colère dans les yeux, la fille avait secoué la tête.

« Ah! bon. Mais si par hasard c'est mon enfant, quand tu auras envie de me le dire, même si ce n'est pas maintenant, même si c'est dans quelques dizaines d'années, dis-le moi, je t'en prie!

— Tu te trompes! C'est vrai, tu te trompes! Je n'oublie pas que je t'ai aimé, mais, s'il te plaît,

29

épargne tes soupçons à cet enfant! Cela ne ferait que lui attirer des ennuis!

— Ah! bon. »

Eguchi n'avait pas insisté pour voir de plus près le visage du bébé, mais il avait longtemps suivi des yeux la silhouette de la femme qui s'éloignait. Et elle, après avoir marché un moment, s'était retournée, une seule fois. Quand elle s'était aperçue qu'il la suivait des yeux, elle avait soudain hâté le pas. Il ne l'avait plus jamais rencontrée. Voilà plus de dix ans déjà, il avait entendu dire que cette femme était morte. Pendant les soixante-sept ans de sa vie, la mort avait bien des fois déjà frappé parmi ses parents et ses relations, mais le souvenir de cette fille avait gardé toute sa fraîcheur. Inextricablement lié au bonnet blanc de son bébé, à ses charmes secrets, au sang de son sein, il restait toujours aussi vif. Qu'elle avait été d'une beauté incomparable, peut-être hormis Eguchi n'était-il plus personne en ce monde qui le sût, et il se plaisait à imaginer qu'à sa mort prochaine, la mémoire en serait effacée à jamais de ce monde. La fille était effarouchée, et pourtant elle lui avait permis sans fausse honte de la regarder; peut-être était-ce dans sa nature, mais elle-même ignorait probablement sa propre beauté. Car elle lui était invisible.

Arrivés à Kyôto, Eguchi et la fille s'étaient promenés tôt le matin dans un bosquet de bambous. Les feuilles des bambous brillaient comme de l'argent au soleil levant et frissonnaient dans le vent. Vieillard, il s'en souvenait encore, les feuilles étaient fines et tendres, tout à fait pareilles à des feuilles d'argent, et les tiges semblaient faites d'argent elles aussi. En bordure du bosquet, des chardons et des herbes-de-rosée étaient en fleurs.

Encore qu'il semblât que ce n'en fût pas la saison, c'était ainsi qu'il voyait le chemin dans son souvenir. Ayant dépassé le bosquet de bambous, ils avaient remonté un cours d'eau claire et trouvé une cascade impétueuse dont les embruns étincelaient au soleil et, dans les embruns, la fille était debout, nue. La chose était improbable, mais pour le vieil Eguchi, depuis il ne savait quand, c'était comme si elle avait réellement eu lieu. Depuis qu'il avait pris de l'âge, la seule vue parfois des troncs élancés des pins d'une colline près de Kyôto faisait revivre en lui l'image de cette fille. Cependant, elle s'était rarement présentée avec autant d'acuité que cette nuit. Sans doute était-ce la jeunesse de la fille endormie qui l'avait suscitée.

Eguchi était parfaitement éveillé et il ne lui semblait pas qu'il pût désormais s'endormir. Il n'avait du reste nulle envie d'évoquer le souvenir de femmes autres que la fille qui avait admiré les petits arcs-en-ciel. Pas plus qu'il n'avait envie de toucher la fille endormie, ou de la voir entièrement découverte. Il s'étendit sur le ventre, et de nouveau ouvrit le sachet de papier à son chevet. La femme de la maison lui avait dit que c'était un somnifère, mais quelle drogue était-ce là? Etait-ce la même que celle qu'on avait administrée à la fille? Hésitant, Eguchi prit un comprimé dans la bouche, puis l'avala avec beaucoup d'eau. Il lui arrivait de boire de l'alcool avant de dormir, mais il n'usait pas habituellement de somnifères; c'est pourquoi, presque aussitôt, il se sentit entraîné dans le sommeil. Et puis le vieil homme eut un rêve. Il était enlacé par une femme, mais cette femme avait quatre jambes, et de ces quatre jambes elle le tenait immobilisé. Elle avait des bras aussi. Eguchi émergea vaguement de son sommeil, mais encore que ces quatre jambes lui parussent étranges, il n'en éprouvait aucun malaise, et son corps gardait l'impression d'un trouble infiniment plus délicieux que ne l'eussent produit deux membres seulement. Quelle drogue était-ce là qui vous procurait de pareils songes ? pensa-t-il, à demi-conscient. La fille s'était retournée et lui tournait le dos, sa croupe pressée contre lui. Apparemment plus ému par le fait qu'elle avait détourné la tête, Eguchi, dans la douceur de cet état entre rêve et réalité, enfonça les doigts comme pour la peigner dans la longue chevelure largement répandue, et s'endormit.

Il eut alors un second rêve, extrêmement désagréable. Dans la salle d'accouchement d'une clinique, la fille d'Eguchi avait donné le jour à un enfant monstrueux. En quoi consistait sa difformité, le vieillard à son éveil ne s'en souvenait plus exactement. S'il ne s'en souvenait plus, c'était sans doute parce qu'il ne voulait pas s'en souvenir. Quoi qu'il en fût, c'était une difformité horrible. On avait aussitôt caché l'enfant à l'accouchée. Cependant, s'abritant du rideau blanc de la salle, celle-ci s'était approchée et mettait l'enfant en pièces. C'était pour s'en débarrasser. Un médecin ami d'Eguchi se tenait à côté d'elle en blouse blanche. Eguchi était là lui aussi, et regardait. C'est alors que, oppressé par ce cauchemar, il avait cette fois repris pleine conscience. La tenture cramoisie qui l'entourait de toute part le surprit. Il couvrit son visage de ses deux mains et se massa le front. Que signifiait ce rêve affreux ? Il n'y avait aucune raison pour que le somnifère de cette maison recelât quelque sortilège. Venu à la recherche de voluptés perverses, était-ce pour cela qu'il rêvait de perverses voluptés? De ses trois filles, il ne savait laquelle il avait vue en rêve, mais il n'avait aucune envie de chercher laquelle ç'avait été. Toutes les trois du reste avaient donné le jour à des enfants parfaitement constitués.

S'il avait pu à ce moment-là se lever et s'en aller, Eguchi l'eût fait. Cependant, pour trouver un sommeil plus profond, il avala l'autre comprimé resté à son chevet. Il sentit l'eau froide descendre dans son œsophage. La fille endormie lui tournait le dos comme tout à l'heure. Songeant qu'il n'était pas impossible que cette fille un jour prochain mette au monde un enfant complètement idiot, ou un enfant très laid, il posa la main sur son épaule potelée : « Tourne-toi donc vers moi! » Comme si elle avait pu l'entendre, elle se retourna docilement. Subitement, elle posa une main sur la poitrine d'Eguchi, frissonna comme si elle avait eu froid, et avança vers lui ses jambes. Il était peu vraisemblable que cette fille si chaude eût froid. Sans qu'il pût savoir si c'était par la bouche ou par le nez, elle émit un léger gémissement.

« N'aurais-tu pas un cauchemar, toi aussi? »

Cependant, le vieil Eguchi très vite sombra dans l'abîme du sommeil.

## II

Le vieil Eguchi n'avait pas pensé qu'il pût lui arriver de venir une seconde fois dans la maison des « Belles Endormies ». Ou du moins, lorsque pour la première fois il y avait passé la nuit, il n'avait pas envisagé qu'il pût avoir envie d'y revenir. Lorsque, le matin venu, il s'était levé pour repartir, il était encore dans cette disposition d'esprit.

Une quinzaine s'était écoulée depuis ce jour-là, quand il téléphona pour demander s'il pouvait venir le soir même. La voix qui lui répondait là-bas semblait être celle de la femme qui l'avait reçu, mais dans l'écouteur il l'entendait comme un froid chuchotement venu d'un endroit plus secret encore.

« Vous dites que vous allez vous mettre en route tout de suite, vers quelle heure cela veut-il dire que vous serez ici ?

— Voyons, disons un peu après neuf heures !

— Cela m'ennuierait que vous veniez si tôt. Car votre partenaire ne sera pas arrivée encore, et même si elle était là, elle ne serait pas encore endormie... »

Et comme le vieillard, surpris, restait silencieux :

« Je puis vous l'endormir d'ici à onze heures; vers cette heure-là, donc, s'il vous plaît!... Je vous attendrai! »

La femme avait parlé calmement et, par contraste, le cœur du vieillard avait battu plus vite.

« Bon, à tout à l'heure donc! » dit-il, la bouche sèche.

« Qu'importe que la petite soit réveillée, j'aimerais que vous me la présentiez avant qu'elle ne dorme! » Encore qu'il lui parût qu'il eût pu dire quelque chose de ce genre comme sans y attacher d'importance, voire sur un ton à demi-moqueur, la question lui était restée dans la gorge. Il s'était heurté aux règles non écrites de cette maison. Dans la mesure même où ces règles étaient étranges, il convenait de les observer strictement. Que ces règles soient violées, ne fût-ce qu'une seule fois, et la maison deviendrait une vulgaire maison de prostitution. La pitoyable quête des vieillards, et leurs rêveries troubles seraient effacées à jamais. Quand il s'était entendu dire au téléphone que neuf heures du soir serait trop tôt, que la fille ne serait pas endormie, et que d'ici à onze heures on la lui endormirait, Eguchi avait senti dans sa poitrine frémissante la soudaine chaleur du désir, ce qui pour lui-même avait été une découverte absolument inattendue. Ç'avait été un choc, comme si on l'avait à l'improviste invité à sortir de la réalité banale de la vie quotidienne. Et cela parce que la fille serait endormie et ne se réveillerait en aucun cas.

Qu'il en fût venu, après une quinzaine à peine, à retourner dans cette maison où il avait cru ne jamais revenir, peut-être était-ce trop tôt, peut-être était-ce trop tard, mais quoi qu'il en fût, il n'avait eu à se défendre contre aucune tentation. Au contraire, il n'avait guère été enclin à renouveler ce lamentable divertissement de la vieillesse, et du reste il n'était pas décrépit autant que les vieillards qui avaient besoin d'une maison de cette sorte. Cette nuit-là cependant, la première qu'il y avait passée, ne lui avait pas laissé une impression déplaisante. Encore qu'il fût évident qu'il était coupable, Eguchi en était venu à considérer que jamais, au cours des soixante-sept ans de son existence, il n'avait passé nuit aussi chaste avec une femme. Il en avait été ainsi dès l'instant de son réveil, le lendemain matin. Le somnifère semblait avoir agi, car il s'était réveillé à huit heures, bien plus tard que d'ordinaire. Le corps du vieil homme ne touchait la fille en aucun point. Dans sa chaleur juvénile et son odeur agréable, le réveil avait eu la douceur de l'enfance.

La fille était tournée vers lui. Sa tête avançait un peu et son torse était en retrait, de sorte qu'à l'ombre du menton, sur son long cou d'adolescente, une ligne à peine distincte se dessinait. Sa longue chevelure était répandue jusque derrière l'appui-tête. Des lèvres soigneusement closes de la fille les yeux d'Eguchi s'étaient détournés et, tandis qu'ils s'attardaient sur les cils et les sourcils, il n'avait pas hésité à croire qu'elle était vierge. La distance était trop réduite pour permettre à ses yeux presbytes de distinguer chaque cil ou chaque poil des sourcils. La peau de la fille, dont la presbytie lui interdisait de même d'apercevoir le duvet, avait un doux éclat. Du visage au cou, il n'y avait pas le moindre grain de beauté. Le vieillard avait oublié son cauchemar de la nuit, et comme, malgré lui, il éprouvait de la tendresse pour la fille, un sentiment enfantin submergea son cœur, comme s'il avait été lui-même l'objet de sa tendresse à elle. Il chercha le sein de la fille et furtivement l'enferma dans sa paume. A ce contact, une sensation étrange le frappa comme un éclair, comme si ç'avait été le sein de sa propre mère avant qu'elle l'eût porté. Le vieil homme retira sa main, mais la sensation l'avait traversé de la poitrine jusqu'à l'épaule.

Il avait entendu s'ouvrir la cloison coulissante de la pièce d'à côté.

« Etes-vous réveillé, monsieur ? avait crié l'hôtesse. Je vous ai préparé votre déjeuner...

— Oui ! » avait répondu Eguchi machinalement. Un rayon de soleil qui se glissait par la fente des volets de bois traçait un rai de lumière sur la tenture de velours. Cependant cette lumière matinale n'ajoutait rien à la vague lueur qui tombait du plafond de la chambre.

« Puis-je vous servir ? avait insisté la femme.

— Oui ! »

Appuyé sur le coude pour s'extraire de la literie, de l'autre main, il avait caressé légèrement les cheveux de la fille.

Le vieillard avait compris que l'on faisait lever le client avant le réveil de celle-ci, mais la femme lui servait son déjeuner sans se presser. Jusqu'à quelle heure faisait-on dormir la fille ? Cependant, pensant qu'il fallait éviter les questions indiscrètes, Eguchi avait dit d'un air indifférent :

« Elle est mignonne, la petite !

— Oui. Avez-vous fait de beaux rêves ?

— Elle m'a inspiré de beaux rêves !

— Le vent et les vagues se sont calmés ce matin, ce doit être ce qu'on appelle le « petit printemps », avait dit la femme pour détourner la conversation.

Ce qui dominait Eguchi, à sa seconde visite dans cette maison, quinze jours plus tard, c'était, plutôt que la curiosité de la première fois, un sentiment de gêne et de honte, mais une certaine excitation aussi. L'agacement d'avoir été obligé d'attendre de neuf à onze heures avait fait place à une trouble tentation.

La femme de l'autre jour était venue tirer le verrou et l'accueillir au portail. La même reproduction était toujours suspendue dans le *tokono-ma*. Le thé était aussi bon que l'autre fois. Eguchi était plus ému encore que la première nuit, mais il avait pris place en habitué de la maison. Il se retourna pour regarder le paysage de montagne aux couleurs automnales.

« Il fait chaud par ici, alors les feuilles des érables se recroquevillent avant de devenir bien rouges. Il faisait sombre et je n'ai pas bien vu le jardin, mais..., dit-il distraitement.

— C'est bien possible, répondit la femme d'un ton indifférent. Le temps s'est refroidi. On a mis une couverture chauffante, elle est à deux places, avec deux interrupteurs, comme cela vous pouvez la régler à la température que vous préférez.

— C'est que je ne me suis jamais servi d'une couverture chauffante.

— Si ça vous ennuie, vous pouvez toujours éteindre de votre côté, mais je vous prie de laisser allumé du côté de la petite... »

Le vieillard comprit qu'elle voulait dire : parce qu'elle n'a rien sur le corps.

« Avec une seule couverture, permettre à deux personnes d'avoir chacune la température qui lui convient, voilà un dispositif ingénieux !

— C'est que ça vient d'Amérique... Tout de même, ne vous amusez pas, pour lui jouer un mauvais tour, à couper l'interrupteur du côté de la petite, je vous en prie ! Vous aurez compris, je pense, qu'aussi froid qu'elle puisse avoir, elle ne se réveillera pas pour autant !

– ... ...

– La petite de ce soir est mieux entraînée que celle de l'autre jour.

– Hein ?

– C'est une belle fille aussi. Puisque vous ne faites rien de mal, si ce n'était pas une belle fille elle aussi...

– Ce n'est donc pas la même que l'autre jour ?

– Non, la petite de ce soir... Cela vous ennuie que ce ne soit pas la même ?

– Je ne suis pas inconstant à ce point !

– Inconstant... Pour parler d'inconstance, serait-ce donc que vous lui avez fait quelque chose ? » Dans les inflexions doucereuses de la femme, il lui sembla discerner une pointe de moquerie.

« De nos clients, aucun ne fait jamais rien. Nous ne recevons que des clients de tout repos. »

La femme aux lèvres minces ne regardait pas le visage du vieil homme. Eguchi tremblait d'humiliation, mais ne savait que dire. Son interlocutrice était-elle autre chose somme toute qu'une vulgaire entremetteuse au sang froid, rompue à toutes les infamies ?

« Après tout, libre à vous de vous juger inconstant ; la petite est endormie et ne saura même pas avec qui elle aura couché. Celle de l'autre jour, aussi bien que celle de ce soir, ignore tout de vous ; parler d'inconstance est donc un peu...

– En effet ! Ce ne sont pas là des rapports humains !

– Comment l'entendez-vous ? »

Les rapports entre un vieillard qui n'était plus un homme et une jeune personne endormie à dessein n'étaient pas des « rapports humains » : dire cela après être entré dans cette maison rendait certes un son bizarre.

« Qu'est-ce qui vous interdit d'être inconstant si cela vous plaît ? dit la femme de sa voix étrangement jeune, en riant comme pour apaiser le vieillard. Si la petite de l'autre fois vous plaisait à ce point, nous vous l'endormirons la prochaine fois que vous nous ferez l'honneur de venir, mais vous direz certainement que vous préférez celle de ce soir.

— Vous croyez ? Quand vous dites qu'elle est entraînée, dans quel sens peut-elle l'être, puisqu'elle dort tout le temps ?

— Ça... »

La femme se leva, tourna la clef de la porte de la chambre voisine, y jeta un coup d'œil, puis déposa la clef devant le vieil Eguchi.

« S'il vous plaît ! Reposez-vous bien ! »

Resté seul, Eguchi versa de l'eau chaude de la bouilloire dans la théière, et tranquillement but son thé. Il avait du moins l'intention de le faire tranquillement, mais la tasse tremblait dans sa main. « Ce n'est pas l'âge qui me fait trembler, ah ! non. Je ne suis pas encore un client de tout repos, moi ! certainement pas ! » grommela-t-il pour lui-même. Qu'en serait-il si, pour venger les vieillards qui venaient dans cette maison s'exposer aux insultes et au mépris, il en enfreignait les interdits ? Pour la fille elle-même, ne serait-ce pas la traiter en être humain ? Il ignorait la force de la drogue qu'on lui avait administrée, mais peut-être lui restait-il assez d'énergie virile encore pour la tirer de son sommeil. Ainsi raisonnait-il, mais dans son cœur, le vieil Eguchi ne trouvait pas l'excitation nécessaire.

L'affreuse décrépitude des lamentables vieillards qui fréquentaient cette maison menaçait de l'atteindre lui-même dans peu d'années. L'immense étendue des désirs, leur insondable profondeur, jusqu'à quel point les avait-il finalement mesurées au cours des soixante-sept années de son passé? Et puis, autour des vieillards naissent innombrables les filles jolies, à la peau neuve, à la peau jeune. Les désirs rêvés à perte de vue par de misérables vieillards, les regrets des jours perdus à jamais, ne trouvaient-ils pas leur aboutissement dans les forfaits de cette maison mystérieuse? Eguchi, l'autre fois déjà, s'était demandé si ces filles endormies qui jamais ne s'éveilleraient n'incarnaient pas pour les vieillards une liberté sur laquelle les années n'avaient aucune prise. Ces filles endormies et muettes, sans doute parlaient-elles aux vieillards le langage qui leur plaisait.

Eguchi se leva et, quand il ouvrit la porte de la chambre voisine, une chaude odeur aussitôt le frappa. Il sourit. De quoi s'était-il tourmenté? Les deux mains de la fille dépassaient et reposaient sur la literie. Les ongles étaient laqués de rose, le rouge à lèvres épais. Elle était couchée sur le dos.

« Entraînée, et comment donc! » murmura Eguchi, et il s'approcha : elle avait du rouge sur les joues, mais dans la tiédeur de la couverture, le sang devait monter au visage. Son odeur était dense. Les paupières supérieures étaient épaisses, les joues rondes, le cou blanc au point de refléter la couleur cramoisie de la tenture de velours. Par sa façon de fermer les yeux, elle avait l'air provocante jusque dans le sommeil. Pendant qu'Eguchi, à l'écart et le dos tourné se déshabillait, la chaude

odeur de la fille venait l'envelopper. Elle emplis-
sait la pièce.

Il ne semblait pas que le vieil Eguchi pût se
tenir sur la réserve comme il l'avait fait avec la
fille de l'autre jour. Eveillée ou endormie, celle-ci
d'elle-même attirait l'homme. Au point qu'il était
persuadé que s'il devait en arriver à enfreindre les
interdits de cette maison, la responsabilité en
incomberait à la fille. Comme pour savourer
d'avance le plaisir à venir, Eguchi ferma les yeux
et se tint immobile, et cela suffit à éveiller au fond
de son corps une chaleur de jouvenceau. L'hôtesse
avait bien dit que la petite de cette nuit valait
mieux que l'autre, mais il était étonnant que l'on
eût découvert une fille pareille; à cette idée, le
vieillard trouva la maison plus inquiétante encore.
Il n'osait réellement la toucher, et il restait là,
fasciné, dans son odeur. Eguchi ne se connaissait
guère en parfums, mais il était certain que cette
fille en usait. S'il pouvait sur-le-champ tomber
dans un doux sommeil, il ne pourrait y avoir bonheur plus grand. Il en était à le souhaiter. Voyons
de plus près, se dit-il, et doucement il se rapprocha d'elle. La fille parut y répondre en se tournant
vers lui d'un mouvement souple et, en même
temps, elle rentra ses mains et les avança comme
pour l'enlacer.

« Hein? Dis, tu es réveillée? Es-tu réveillée? »
Ce disant, Eguchi s'écarta et la secoua par le menton. L'avait-il secouée avec trop de force? Toujours est-il que la fille, comme pour l'éviter,
tourna le visage vers l'appui-tête, le bord de ses
lèvres s'entrouvrit et la pointe de l'ongle de l'index d'Eguchi effleura une ou deux de ses dents.
Sans retirer le doigt, il se tint immobile. La fille
de son côté ne remua pas les lèvres. Rien, bien

42

entendu, ne permettait de croire qu'elle feignait de dormir, car elle était plongée dans un sommeil profond.

Eguchi, surpris de ce que la fille de cette nuit ne fût pas la même que la précédente, s'en était étonné auprès de l'hôtesse, mais il ne fallait pas être grand clerc pour deviner que, droguées de la sorte nuit après nuit, elles eussent fini par en souffrir. On pouvait penser d'autre part qu'imposer l'« inconstance » à des vieillards comme Eguchi était préférable pour la santé des filles. Cependant, cette maison ne pouvait accueillir plus d'un client au premier étage. Eguchi ignorait certes ce qu'il en était du rez-de-chaussée, mais à supposer même qu'il y eût là une chambre utilisable pour les clients, il ne pouvait y en avoir plus d'une seule. De cela on pouvait conclure que les filles que l'on endormait pour les vieillards ne devaient pas être très nombreuses. Ces quelques filles, comme celle de la première nuit, comme celle-ci, étaient-elles donc toutes aussi belles les unes que les autres?

Les dents de la fille sous le doigt d'Eguchi paraissaient au toucher enduites d'une substance légèrement visqueuse. L'index du vieillard, glissant entre les lèvres, suivit la rangée de dents. Deux fois, trois fois dans un sens, puis dans l'autre. La partie externe des lèvres donnait l'impression d'être sèche, mais l'humidité du dedans s'y communiquait et la rendait lisse. A droite, il y avait une dent qui avait poussé vers l'extérieur. Eguchi essaya de prendre cette dent entre le pouce et l'index. Après cela, il eût voulu passer le doigt sur la face interne des dents, mais la fille, bien que dormant, tenait les mâchoires fortement serrées, de sorte qu'il ne put les écarter. Lorsqu'il

43

retira son doigt, celui-ci était couvert d'un enduit rouge. Avec quoi allait-il essuyer ce rouge à lèvres? S'il le frottait sur la taie de l'appui-tête, la tache paraîtrait avoir été faite par la fille elle-même alors qu'elle était couchée sur le ventre, mais il lui sembla que le rouge ne partirait point s'il ne léchait d'abord son doigt. Chose étrange, à l'idée de porter à la bouche son doigt maculé, il éprouva une sensation de malpropreté. Le vieil homme frotta donc son doigt sur les cheveux de la fille, au-dessus du front. Tandis qu'il essuyait ainsi la pointe du pouce et de l'index, les cinq doigts touchèrent la chevelure; alors il les enfonça dans les cheveux, et bientôt ils fouillaient dans cette masse de cheveux de plus en plus brutalement. La pointe des cheveux de la fille émettait un fluide électrique qui se communiquait aux doigts du vieillard. L'odeur des cheveux se faisait plus insistante. Dans la touffeur de la couverture électrique, l'odeur de la fille se faisait plus insistante de même. Tout en jouant avec les cheveux, Eguchi admirait leur implantation et surtout la belle ligne nette qu'ils dessinaient sur la longue nuque. La fille avait les cheveux coupés court par-derrière, et soigneusement relevés vers le haut. Sur le front, ils retombaient naturellement, longs par endroits, courts ailleurs. Le vieillard dégagea le front et contempla les sourcils et les cils. Des doigts d'une main, il fouilla les cheveux si profondément qu'il toucha le cuir chevelu.

« Elle n'est toujours pas réveillée! » dit le vieil Eguchi et, saisissant la tête de la fille à pleine main, il la secoua; la fille alors remua les sourcils comme sous l'effet de la douleur et elle se retourna à moitié pour se coucher sur le ventre. De ce fait, son corps se rapprochait encore de celui du vieillard. Elle sortit les deux bras, posa le droit sur l'appui-tête et sur le dos de la main appuya sa joue droite. Dans cette position, Eguchi n'en pouvait apercevoir que les doigts. Ils étaient légèrement écartés, de sorte que le petit doigt se trouvait sous le sourcil et que l'index pointait de sous les lèvres. Le pouce était caché sous le menton. Le rouge des lèvres un peu tournées vers le bas formait avec le rouge des quatre ongles longs une tache unique sur la taie blanche de l'appui-tête. Le bras gauche était plié au coude, et le dos de la main était presque sous les yeux d'Eguchi. Comparés à la ronde plénitude de la joue, les doigts étaient relativement longs et minces, et faisaient penser à des jambes pareillement fuselées. De la plante du pied, le vieillard chercha les jambes de la fille. Les doigts de la main gauche étaient eux aussi légèrement écartés et reposaient détendus. Sur le dos de cette main, le vieil Eguchi posa sa joue. Sous le poids, le bras bougea jusqu'à l'épaule, mais il n'avait pas la force de retirer la main. Le vieillard resta un moment ainsi, immobile. En sortant les deux bras, la fille avait un peu remonté les épaules, de sorte qu'à l'attache du bras s'était formé un renflement d'une rondeur toute juvénile. Eguchi, tout en tirant la couverture sur l'épaule, de sa paume recouvrit doucement ce renflement. Ses lèvres remontèrent du dos de la main vers le bras. L'odeur de l'épaule, l'odeur de la nuque l'attiraient. L'épaule de la fille et tout son dos s'étaient contractés pour se détendre aussitôt, et la peau adhéra à la main du vieillard.

Le moment était venu pour Eguchi de venger sur cette esclave endormie les vieillards qui venaient là s'exposer aux insultes et au mépris. Il allait enfreindre les interdits de cette maison. Il se rendait compte qu'après cela il n'y pourrait plus jamais remettre les pieds. Dans l'espoir avant tout de réveiller la fille, il la traita brutalement. Toutefois, il fut aussitôt arrêté par le signe évident de sa virginité.

« Ah! » s'écria-t-il, et il s'écarta. Sa respiration était irrégulière et son cœur battait fort. C'était là, semblait-il, l'effet de sa stupéfaction plutôt que de son brusque abandon.

Le vieillard ferma les yeux et se contraignit au calme. Se calmer ne lui était pas aussi difficile que ce l'eût été pour un homme jeune. Tout en caressant furtivement les cheveux de la fille, il rouvrit les yeux. Elle était toujours dans la même position, couchée sur le ventre. Une prostituée de cet âge encore vierge, qu'était-ce à dire? Et pourtant, c'était bien une prostituée; il avait beau essayer de s'en persuader, la tempête passée, le sentiment du vieillard pour la fille et le sentiment qu'il éprouvait pour lui-même s'étaient transformés, l'empêchant de revenir en arrière. Il ne regrettait rien. Quoi qu'il eût fait à une femme endormie et inconsciente, cela n'avait aucune importance. Cependant, que pouvait bien signifier la stupéfaction qui subitement l'avait envahi?

Egaré par la beauté provocante de la fille, Eguchi s'était laissé entraîner à un comportement irresponsable, mais cela l'amenait à se demander si les vieux clients de cette maison n'y apportaient pas infiniment plus qu'il ne l'avait soupçonné, leur misérable joie, leur appétit puissant, leur tristesse profonde. A supposer même que ce fût un jeu insouciant de la vieillesse, un retour à bon compte à la jeunesse, tout au fond sans doute s'y trouvait caché quelque chose que nul regret ne pouvait faire revivre, que nul effort ne pouvait guérir. Qu'une fille aussi provocante que celle-ci, tout « entraînée » qu'elle était, pût être restée vierge, était de toute évidence le signe non point du respect des vieillards, ni de leur souci de tenir leurs engagements, mais plutôt de leur effroyable décrépitude. La virginité de la fille, par contraste, démontrait l'horreur de la vieillesse.

La main de la fille étendue sous sa joue droite devait s'être engourdie, car elle l'éleva au-dessus de la tête et à deux ou trois reprises en plia et déplia lentement les doigts. Elle effleura la main d'Eguchi qui fouillait sa chevelure. Il saisit cette main. Les doigts étaient lisses, un peu froids. Le vieillard l'étreignit avec force, comme s'il avait voulu l'écraser. La fille souleva l'épaule gauche et se retourna à moitié, et le bras gauche s'agita en l'air, puis s'abattit comme pour entourer le cou d'Eguchi. Cependant, le bras, mou et sans force, ne vint pas s'enrouler autour de son cou. Le visage de la fille, tourné vers lui, était tout proche, de sorte que ses yeux presbytes le voyaient blanc et estompé, mais les sourcils trop épais, les cils qui jetaient une ombre trop noire, le renflement des paupières et des joues, le long cou, tout cela renforçait son impression première d'avoir affaire à une aguicheuse. Les seins étaient un peu tombants, mais réellement généreux, et pour une jeune Japonaise, l'aréole en était large et gonflée. Le vieillard, de la main, parcourut le dos et descendit jusqu'aux jambes. À partir des hanches, celles-ci étaient fermes et élancées. Peut-être l'apparente disharmonie entre le haut et le bas du corps était-elle due au fait qu'elle était vierge.

Le vieil Eguchi, apaisé désormais, contemplait le visage et le cou de la fille. Sa peau s'accordait bien au vague reflet de la tenture de velours cramoisi. Le corps de cette fille dont l'hôtesse avait pu dire qu'elle était entraînée, et bien qu'il servît de jouet aux vieillards, restait d'une vierge. Cela parce que les vieillards étaient décrépits, et parce qu'on l'avait plongée dans un sommeil profond, mais par quelles vicissitudes une fille aussi provocante d'aspect devrait-elle passer dans sa vie, se demanda Eguchi, en qui sourdait un sentiment qui ressemblait à de l'amour paternel. Il portait déjà, lui aussi, les stigmates de la vieillesse. Il était évident que la fille ne dormait là que par amour de l'argent. Cependant, pour les vieillards qui payaient, s'étendre aux côtés d'une fille comme celle-ci était certainement une joie sans pareille au monde. Du fait que jamais elle ne se réveillait, les vieux clients s'épargnaient la honte du sentiment d'infériorité propre à la décrépitude de l'âge, et trouvaient la liberté de s'abandonner sans réserve à leur imagination et à leurs souvenirs relatifs aux femmes. Etait-ce pour cela qu'ils acceptaient de payer sans regret bien plus cher que pour une femme éveillée ? Que la fille endormie ignorât tout du vieillard contribuait sans doute à mettre ce dernier à l'aise. Et lui de son côté ne savait rien des conditions d'existence, ni de la personnalité de la fille. Rien ne le mettait en mesure de le deviner car il ignorait jusqu'à sa façon de s'habiller. Les vieillards avaient certes un motif élémentaire qui était de n'avoir pas à craindre d'ennuis subséquents. Mais il y avait aussi cette étrange lueur au fond de leurs profondes ténèbres.

Le vieil Eguchi cependant ne pouvait s'habituer à ces rapports avec une fille qui ne disait mot, qui n'ouvrait pas les yeux, bref une fille qui ne daignait en aucune façon reconnaître l'existence d'un être humain nommé Eguchi, et il ne parvenait pas à effacer une impression de vanité et d'insatisfaction. Il avait envie de voir les yeux de cette fille provocante. Il avait envie d'entendre sa voix et de lui parler. La tentation de parcourir des mains le corps d'une fille endormie n'était pas très forte et s'accompagnait plutôt d'un sentiment de pitié. Néanmoins, puisque Eguchi, surpris de l'avoir trouvée vierge, avait renoncé à enfreindre les interdits, il s'était résolu à suivre les errements des autres vieillards. Il était persuadé que la fille de cette nuit, plus que l'autre, était vivante dans son sommeil. Cela se sentait de manière certaine, et dans son odeur, et dans son contact, et dans ses mouvements.

A son chevet, tout comme l'autre fois, il avait trouvé deux comprimés de somnifère préparés pour lui. Cependant, il se demandait si cette nuit au lieu de les prendre tôt pour dormir, il n'allait pas regarder plus longuement la fille. Elle bougeait souvent dans son sommeil. Au cours d'une nuit, peut-être se retournait-elle vingt ou trente fois. Elle lui avait tourné le dos, mais s'était aussitôt retournée vers lui. Ce faisant, de son bras elle l'avait cherché. Eguchi, la main sur le genou de la fille, l'attira à lui.

« Oh! non, dit-elle d'une voix à peine perceptible.

— Tu es réveillée? » Croyant qu'elle allait ouvrir les yeux, il attira plus fortement encore le genou. Celui-ci, sans la moindre résistance, se plia dans sa direction. Il passa le bras sous la tête de la fille, la souleva légèrement et secoua.

« Ah! où est-ce que je vais? dit-elle.

— Elle est réveillée! Réveille-toi donc!

— Non, non! » fit-elle, et elle laissa glisser son

visage vers l'épaule d'Eguchi. Comme si elle voulait éviter d'être secouée. Son front toucha le cou d'Eguchi, ses cheveux lui piquaient le nez. C'étaient des cheveux redoutables. Au point de faire mal. Suffoquant sous leur odeur, Eguchi écarta le visage.

« Que faites-vous donc ? Je ne veux pas ! dit la fille.

— Je ne te fais rien ! » répondit le vieillard, mais elle avait parlé dans son sommeil. S'était-elle, en dormant, méprise sur les mouvements d'Eguchi, ou bien avait-elle revécu en rêve les mauvais tours que lui jouait un autre de ses vieux clients nocturnes ? Quoi qu'il en soit, le cœur d'Eguchi battit plus fort d'avoir pu engager avec elle un semblant de conversation, même si ce n'étaient que des paroles décousues qu'elle prononçait en dormant. Peut-être vers le matin lui serait-il possible de la réveiller. Cependant, les mots que le vieillard venait de lui dire, se pouvait-il qu'ils eussent frappé ses oreilles jusque dans son sommeil ? N'était-ce pas par réaction au choc éprouvé par son corps, plus que pour répondre aux paroles du vieillard, qu'elle avait parlé en rêve ? Il pensa la frapper violemment, ou la pincer, mais il préféra l'attirer doucement dans ses bras. La fille ne résista ni ne cria. Sa respiration devait être difficile. Son souffle léger frôlait le visage du vieillard. La respiration de celui-ci se faisait irrégulière. Pour la seconde fois, la fille offerte sans défense tentait Eguchi. A supposer qu'elle perdît sa virginité, quelle tristesse s'emparerait d'elle le lendemain ! Dans quel sens la vie de cette fille en serait-elle infléchie ? Quoi qu'il pût lui arriver, de toute manière, elle ne s'apercevrait de rien jusqu'au matin.

« Maman ! » La fille avait poussé une exclamation étouffée.

« Là, là, tu t'en vas ? Laissez-moi, laissez...

— De quoi rêves-tu ? C'est un rêve, un rêve, te dis-je ! » Ce disant, Eguchi la serrait plus fort pour essayer de la tirer de son rêve. La tristesse contenue dans la voix de la fille quand elle appelait sa mère envahit le cœur d'Eguchi. Ses seins étaient pressés contre la poitrine du vieillard au point de s'écraser. Elle remua les bras. Dans son rêve prenait-elle Eguchi pour sa mère, qu'elle cherchait à étreindre ? Mais non, même endormie, même vierge, elle restait incontestablement provocante. Il semblait au vieil Eguchi qu'en soixante-sept ans il n'avait jamais touché à pleine peau une jeune femme à ce point provocante. A supposer qu'un mythe pût être lascif, cette fille-là sortait de ce mythe.

Il en venait à la considérer non comme une ensorceleuse, mais comme la victime d'un enchantement. Avec cela, « tout endormie qu'elle fût, elle vivait », en d'autres termes, encore que sa conscience fût plongée dans un profond sommeil, son corps par contre restait éveillé dans sa féminité. Il y avait là non pas une conscience humaine, mais rien qu'un corps de femme. Se pouvait-il qu'on l'eût parfaitement dressée pour servir de partenaire aux vieillards au point que l'hôtesse en pût dire qu'elle était « entraînée » ?

Eguchi desserra son bras qui la tenait fortement, et quand il eut disposé le bras nu de la fille de telle sorte qu'elle parût l'enlacer, elle lui rendit en effet docilement son étreinte. Le vieillard ne bougea plus. Il ferma les yeux. Une chaude extase l'envahit. C'était un ravissement presque inconscient. Il lui sembla comprendre le plaisir et le sentiment de bonheur qu'éprouvaient les vieillards à fréquenter cette maison. Et ces vieillards eux-mêmes, ne trouvaient-ils pas en ces lieux, outre la détresse, l'horreur ou la misère de la vieillesse, ce don aussi d'une jeune vie qui les comblait ? Sans doute ne pouvait-il exister pour un homme parvenu au terme extrême de la vieillesse un seul instant où il pût s'oublier au point de se laisser envelopper à pleine peau par une fille jeune. Les vieillards cependant considéraient-ils une victime endormie à cet effet comme une chose achetée en toute innocence, ou bien trouvaient-ils, dans le sentiment d'une secrète culpabilité, un surcroît de plaisir ? Le vieil Eguchi, lui, s'était oublié, et comme s'il avait oublié de même qu'elle était une victime, de son pied il cherchait à tâtons la pointe du pied de la fille. Car c'était le seul endroit de son corps qu'il ne touchait pas. Les orteils étaient longs et se mouvaient gracieusement. Leurs phalanges se pliaient et se dépliaient du même mouvement que les doigts de la main, et cela seul exerçait sur Eguchi la puissante séduction qui émane d'une femme fatale. Jusque dans le sommeil, cette fille était capable d'échanger des devis amoureux rien qu'au moyen de ses orteils. Le vieillard toutefois se contenta de percevoir leurs mouvements comme une musique, enfantine et imparfaite certes, mais enchanteresse, et il resta un moment à la suivre.

La fille semblait avoir rêvé, mais son rêve était-il achevé ? Peut-être après tout n'était-ce pas un rêve, se dit Eguchi, mais un dialogue inconscient, et l'habitude de protester chaque fois qu'un vieillard se faisait trop entreprenant. Il était submergé par la séduction qui émanait de cette fille capable, tout endormie, de communiquer avec lui sans proférer une parole, au moyen de son corps seul, mais si le désir le hantait d'entendre sa voix prononcer, ne fût-ce que des mots sans suite, sans doute était-ce parce qu'il n'était pas familiarisé encore avec les mystères de la maison. Le vieil Eguchi se demandait, perplexe, ce qu'il fallait dire, ou en quel point de son corps il fallait appuyer pour que la fille veuille bien répondre.

« Tu ne rêves donc plus ? Tu as rêvé que ta maman s'en était allée quelque part ? » dit-il, et de la main il suivait la colonne vertébrale, s'attardant dans les creux. La fille secoua l'épaule et de nouveau s'étendit sur le ventre. Il semblait que ce fût sa position préférée. Le visage toujours dirigé vers Eguchi, de la main droite elle serrait légèrement le bord de l'appui-tête et son bras gauche reposait sur le visage du vieillard. Cependant, elle n'avait rien dit. Il sentait le souffle chaud de sa respiration paisible. Le bras, sur son visage, remua comme pour retrouver l'équilibre ; il le prit de ses deux mains et le posa sur ses yeux. La pointe des ongles longs de la fille piquait légèrement le lobe de l'oreille d'Eguchi. L'attache du poignet s'infléchissait sur sa paupière droite, de sorte que la partie la plus étroite de l'avant-bras recouvrait celle-ci. Désirant rester ainsi, le vieillard pressa la main de la fille sur ses deux yeux. L'odeur de la peau qui se communiquait à ses globes oculaires était telle qu'Eguchi sentait remonter en lui une vision nouvelle et riche. A pareille saison tout juste, deux ou trois fleurs de pivoine d'hiver, épanouies dans le soleil de l'automne tardif au pied du haut mur d'un vieux monastère du Yamato, des camélias *sazanka* blancs épanouis dans le jardin en bordure du promenoir extérieur de la Chapelle des Poètes Inspirés, et puis, mais c'était au printemps, à Nara, des fleurs de pteris, des glycines, et le « Camélia Effeuillé » couvert de fleurs au Tsubaki-dera...

« Ah! j'y suis! » A ces fleurs était lié le souvenir de ses trois filles mariées. C'étaient des fleurs vues au cours d'un voyage qu'il avait fait avec ses trois filles — à moins que ce ne fût avec une seule d'entre elles. Peut-être, devenues épouses et mères, ne s'en souvenaient-elles plus très bien, mais Eguchi s'en souvenait parfaitement, et quand de temps à autre le souvenir lui en revenait, il parlait de ces fleurs à sa femme. Celle-ci ne donnait pas l'impression, même depuis leur mariage, de s'être éloignée de ses filles autant que leur père, et comme elle continuait à entretenir avec elles d'étroites relations, elle n'attachait pas autant d'importance au fait d'avoir, par exemple, avec elles, avant leur mariage, admiré des fleurs en voyage. Du reste, il s'agissait des fleurs d'un voyage dont la mère n'avait pas été.

Au fond de ses yeux que recouvrait la main de la fille, il voyait tantôt surgir, tantôt s'effacer des visions de fleurs, et tout en s'y abandonnant, il revivait les sentiments qu'il avait éprouvés au jour le jour quand, quelque temps après avoir marié ses filles, il s'était intéressé à des jeunes personnes étrangères à sa famille. Il en venait à considérer cette fille-ci comme l'une des jeunes personnes de ce temps-là. Le vieillard avait retiré sa main, mais celle de la fille restait immobile sur ses yeux. Des trois filles d'Eguchi, seule la plus jeune avait vu le « Camélia Effeuillé » du Tsubaki-dera; c'était un voyage d'adieux, une quinzaine environ avant qu'elle ne quittât la maison; et la vision des fleurs de ce camélia était la plus insistante de toutes. Sa dernière fille lui avait causé des ennuis particulièrement pénibles au moment de son mariage. Non seulement deux jeunes gens s'étaient disputé sa main, mais au cours de cette compétition la jeune fille avait perdu sa virginité. Eguchi l'avait invitée à faire ce voyage avant tout pour lui changer les idées.

Les camélias, qui laissent choir leurs fleurs entières comme têtes coupées, sont tenus pour fleurs de mauvais augure, mais celui du Tsubaki-dera est un grand arbre que l'on dit vieux de quatre siècles, qui porte des fleurs de diverses couleurs et dont les fleurs doubles, au lieu de tomber tout d'une pièce, effeuillent leurs pétales, raison pour laquelle, paraît-il, on l'appelle le « Camélia Effeuillé ».

« Au moment où il perd ses fleurs, il s'en effeuille cinq ou six panerées par jour! » avait dit à Eguchi la jeune épouse du desservant.

La masse des fleurs de l'énorme camélia, avait-elle dit, était plus belle éclairée par-derrière que dans la lumière directe du soleil. Le promenoir où il s'était assis avec sa fille était exposé à l'ouest et le soleil était sur son déclin. Il se trouvait donc derrière l'arbre. Eclairé à contre-jour, le feuillage du camélia géant était cependant si exubérant et la couche de fleurs dans leur plein épanouissement était si épaisse qu'ils ne laissaient pas passer les rayons du soleil printanier. La lumière solaire se diffusait à l'intérieur de l'arbre, de sorte que l'on eût dit qu'un halo de lueur crépusculaire auréolait sa silhouette. Le Tsubaki-dera se trouvait dans un quartier bruyant et populaire, et il ne semblait pas qu'il y eût dans le jardin autre chose à voir que le camélia géant. Eguchi du reste n'avait d'yeux que pour lui et ne voyait plus rien d'autre; fasciné par les fleurs, il n'entendait plus même le bruit de la ville.

« Quelle magnifique floraison ! » avait-il dit à sa fille.

La jeune femme du desservant avait répondu : « Le matin, quand on se lève, il arrive que l'on ne voie plus le sol tellement il est jonché de fleurs ! » Puis elle s'était éloignée, laissant Eguchi seul avec sa fille. Les fleurs de couleurs diverses poussaient-elles réellement sur l'arbre géant, et lui seul ? Il y avait en effet des fleurs rouges, des fleurs blanches et des fleurs bicolores, mais Eguchi préférait s'abîmer dans la contemplation de l'ensemble, plutôt que d'aller vérifier le fait. Le camélia quatre fois centenaire déployait la splendide profusion de ses fleurs. Les rayons du soleil couchant étaient comme aspirés à l'intérieur de l'arbre de sorte qu'il semblait régner dans cette masse de fleurs une chaude touffeur. Encore qu'il n'y eût pas de vent appréciable, l'extrémité des rameaux fleuris de temps à autre remuait doucement.

Cependant, la jeune fille ne semblait pas autant que son père fascinée par cet arbre fameux. Les yeux mi-clos, peut-être regardait-elle en elle-même plus qu'elle ne contemplait le camélia. De ses trois filles, c'était celle-là qu'Eguchi avait chérie le plus. Elle se laissait cajoler à la manière des cadettes. Et cela plus encore après le mariage des deux aînées. Celles-ci avaient demandé à leur mère, en laissant percer une pointe d'envie, si on n'allait pas garder leur cadette à la maison pour adopter un gendre, ce dont Eguchi à son tour avait été informé par sa femme. La cadette était d'un tempérament gai. Qu'elle eût beaucoup d'amis garçons, les parents le trouvaient inconsidéré, mais la jeune fille paraissait pleine d'entrain quand elle était entourée par ces jeunes gens. Les parents pourtant, et en particulier la mère qui les recevait à la maison, s'étaient parfaitement rendu compte que deux de ces garçons aimaient la jeune fille. Et c'est l'un de ceux-ci qui lui avait ravi sa virginité. Pendant quelque temps, elle était devenue taciturne même à la maison, et elle en était arrivée à s'énerver à tout propos, par exemple en maniant le linge de rechange. La mère s'était aperçue tout de suite que sa fille avait quelque chose. Et quand elle l'avait interrogée avec délicatesse, la jeune fille avait avoué sans trop hésiter. Le jeune homme travaillait dans un grand magasin et vivait dans un immeuble d'habitation. La jeune fille, semblait-il, était allée à son appartement sur son invitation.

« Tu vas épouser ce monsieur ? avait dit la mère.

— Ah ! non. Absolument pas ! » avait répondu la fille, laissant la mère toute désorientée. Elle se dit que ce jeune homme avait dû la prendre de force. Elle s'en ouvrit à son mari et ils en discutèrent. Eguchi avait l'impression qu'on lui avait abîmé son bien le plus précieux, mais il fut plus étonné encore lorsqu'il apprit que sa fille s'était sans tarder fiancée à l'autre jeune homme.

« Qu'en pensez-vous ? Faut-il la laisser faire ? avait insisté sa femme.

— A-t-elle parlé de cette affaire à son fiancé ? Lui a-t-elle expliqué ? avait dit Eguchi, et sa voix était devenue tranchante.

— Çà ! je ne le lui ai pas demandé ! Car moi aussi j'ai été stupéfaite... Faut-il l'interroger ?

— Mais non !

— Il vaut mieux ne pas révéler un faux pas de

ce genre à quelqu'un qu'on veut épouser, et se taire est encore le moins dangereux, c'est du moins l'opinion générale. Malgré tout, cela dépend aussi du caractère et de l'état d'esprit de la fille. Il pourrait arriver aussi que pour l'avoir caché, elle se torture affreusement toute seule.

– D'abord, ces fiançailles, nous ses parents, allons-nous les approuver? Cela n'est pas certain encore, n'est-ce pas? »

Eguchi, bien entendu, ne pouvait imaginer que, séduite par un jeune homme, se fiancer sur-le-champ à un autre pût être une démarche naturelle. Que les deux aimaient leur fille, les parents s'en étaient certes aperçus. Eguchi les connaissait tous les deux au point qu'il avait été jusqu'à penser que l'un ou l'autre ferait un parti convenable. Cependant les fiançailles impromptues de la fille ne traduisaient-elles pas une réaction au choc subi par elle? Par colère, par dégoût, par rancune, par dépit envers l'un, s'était-elle tournée vers l'autre? Ou bien, ayant perdu ses illusions sur l'un, avait-elle voulu se raccrocher à l'autre dans son propre désarroi? Il n'était pas exclu non plus qu'une jeune fille comme celle-là, dans la mesure même de sa répulsion à l'encontre du jeune homme qui l'avait séduite, se sentît par contraste violemment attirée par l'autre. Peut-être cela n'était-il pas forcément une manière de vengeance, ni seulement une sorte de dévergondage à demi explicable par le désespoir.

Eguchi toutefois n'avait jamais envisagé que pareille chose pût advenir à sa propre fille. Et il en va sans doute de même pour tout père. Quoi qu'il en soit, il apparaissait qu'il avait été rassuré en voyant précisément cette jeune fille entourée d'amis garçons rester enjouée, libre et sûre d'elle.

Malgré tout, une fois la chose arrivée, il s'apercevait qu'il n'y avait là rien d'étonnant, au contraire. Le corps de sa fille n'était pas fait autrement que celui de toute femme. Il était fait pour subir la loi de l'homme. Alors soudain s'étaient présentées à son esprit les attitudes disgracieuses que pouvait avoir sa fille en pareille circonstance, et un vif sentiment d'humiliation et de honte l'avait assailli. Quand il avait vu partir ses deux aînées pour leur voyage de noces, il n'avait rien éprouvé de pareil. Il s'était avisé enfin que, si un homme avait pu avoir une flambée de passion pour sa fille, celle-ci était d'une constitution telle qu'elle n'y avait pu résister. Pour un père, serait-ce là une psychologie qui sortait de l'ordinaire?

Sans approuver aussitôt les fiançailles, il ne s'y était pas non plus opposé de front. Que les deux jeunes gens s'étaient assez âprement disputé leur fille, les parents ne l'avaient su que bien plus tard. Là-dessus, Eguchi avait emmené la jeune fille à Kyôto, et quand ils avaient admiré le « Camélia Effeuillé » dans toute sa splendeur, le mariage était déjà décidé pour bientôt. L'intérieur du camélia géant était rempli d'un bourdonnement confus. Sans doute était-ce un essaim d'abeilles.

Deux ans après son mariage, la fille cadette avait mis au monde un garçon. Son mari semblait fou de cet enfant. Quand, le dimanche parfois, les jeunes époux venaient chez Eguchi et que la femme faisait la cuisine avec sa mère, le mari donnait adroitement le biberon à l'enfant. Eguchi, à ce spectacle, s'était dit que l'entente régnait entre les époux. Bien qu'habitant Tôkyô comme eux, la jeune femme, depuis son mariage, ne se montrait guère chez ses parents; mais un jour qu'elle était venue seule, Eguchi l'avait interrogée :

« Alors, comment va ?

— Comment ? Eh bien, je suis heureuse ! » avait répondu sa fille. Les jeunes époux sans doute ne tiennent guère à dire à leurs parents ce qui se passe entre eux, mais encore que sa fille cadette parût, étant donné son caractère, plutôt loquace en ce qui concernait son mari, Eguchi n'en était pas entièrement satisfait, et quelque chose le tracassait. Cependant sa fille s'était comme épanouie en jeune épouse, et elle avait embelli. A supposer même que ce ne fût qu'une transformation physiologique marquant le passage de la jeune fille à la jeune femme, elle n'aurait sans doute pu avoir cet éclat de fleur s'il y avait eu la moindre ombre sur le plan psychologique. Après la naissance de son enfant, son teint était devenu lumineux comme si elle avait été lavée jusque dans l'intérieur de son corps, et elle avait acquis une sorte de sérénité.

Etait-ce pour cela que la vision qui s'était présentée à l'esprit d'Eguchi dans la maison des « Belles Endormies », alors que le bras de la fille reposait sur ses paupières, avait été celle du « Camélia Effeuillé » dans la splendeur de sa floraison ? Bien entendu, ni la fille cadette d'Eguchi, ni cette fille qui dormait là, n'avaient rien de l'opulence de ce camélia. Cependant, l'opulence du corps d'une fille de l'espèce humaine n'était pas chose que l'on pût connaître pour l'avoir vue seulement, ou bien pour avoir sagement reposé à ses côtés. Cela ne pouvait d'aucune façon se comparer aux fleurs d'un camélia. Ce qui, du bras de la fille se communiquait aux paupières d'Eguchi, c'était le courant de la vie, le rythme de la vie, l'invitation de la vie et, pour un vieillard, un retour à la vie. Les yeux fatigués par le poids du bras qui depuis un moment pesait sur eux, il le prit par la main et l'enleva.

Privée du point d'appui de son bras gauche, à moins que ce ne fût la gêne de se sentir étroitement serrée contre la poitrine d'Eguchi, la fille se tourna à demi comme pour lui faire face. Repliant ses deux bras devant sa poitrine, elle joignit les doigts. Ceux-ci touchaient la poitrine du vieillard. Les mains étaient jointes dans l'attitude de la prière. L'attitude d'une tendre prière. Le vieillard de ses paumes entoura les mains jointes. Ce faisant, il lui sembla qu'il priait lui-même, et il ferma les yeux. Cependant, ce n'était là sans doute rien d'autre que la tristesse d'un vieil homme au contact des mains d'une fille jeune et endormie.

Le bruit de la pluie nocturne qui se mettait à tomber sur la mer calme parvint aux oreilles du vieil Eguchi. Un grondement lointain aussi, qui semblait être, non le bruit d'une voiture, mais le tonnerre que l'on entend parfois en hiver, insaisissable. Eguchi sépara les mains jointes de la fille, puis déplia un à un les quatre doigts autres que le pouce, et les contempla. L'envie lui vint de prendre à la bouche et de mordre les longs doigts déliés. Si le petit doigt portait des marques de dents et des traces de sang, qu'en penserait-elle demain à son réveil? Eguchi déplia le bras de la fille contre son torse. Il vit alors les seins opulents aux aréoles gonflées et de couleur foncée. Ils étaient un peu tombants; il les soupesa. Ils n'étaient pas chauds comme le reste du corps réchauffé par la couverture électrique, mais tièdes. Il voulut appuyer son front dans le sillon entre les deux seins, mais quand il en approcha son visage, l'odeur de la fille le fit reculer. Il se coucha sur le ventre, prit le somnifère préparé à son chevet et, cette fois-ci, avala les deux comprimés en même temps. L'autre nuit, la première fois qu'il était venu dans cette maison, il n'avait d'abord pris qu'un seul comprimé, puis, réveillé par un cauchemar, il avait alors seulement pris le second, mais il s'était bien rendu compte que ce n'était qu'un somnifère banal. Bientôt, il sombrait dans le sommeil.

Le vieillard fut réveillé par les sanglots violents de la fille. Ce qu'il avait entendu comme des pleurs se changea en rire. Et ce rire se prolongea. Eguchi mit le bras autour du buste de la fille et la secoua.

« C'est un rêve! c'est un rêve! Qu'as-tu donc vu en rêve? »

Le silence qui suivit le long éclat de rire était inquiétant. Cependant le vieil Eguchi, encore sous l'empire du somnifère, péniblement prit sa montre-bracelet qu'il avait posée à côté de l'appui-tête et regarda l'heure. Il était trois heures et demie. Le vieillard pressa la fille contre sa poitrine, l'attira par les hanches et s'endormit dans sa chaleur.

Le matin, il fut cette fois encore tiré de son sommeil par les appels de la femme :

« Etes-vous réveillé? »

Eguchi ne répondit pas. L'hôtesse s'était-elle approchée de la porte de la chambre secrète, avait-elle plaqué l'oreille contre le bois? A cette idée, Eguchi eut un frisson. La fille, à cause de la chaleur sans doute de la couverture électrique, avait les épaules découvertes, et l'un de ses bras était étendu au-dessus de sa tête. Eguchi la recouvrit.

« Etes-vous réveillé? »

Eguchi, toujours sans répondre, rentra sa tête sous la couverture. Du menton, il frôlait la pointe du sein de la fille. Dans une brusque flambée, il lui entoura le dos de son bras, et de sa jambe de même l'attira à lui.

L'hôtesse frappa trois ou quatre légers coups à la porte.

« Monsieur ! Monsieur !

— Je me lève ! Tout de suite, le temps de m'habiller ! » S'il n'avait répondu, la femme, lui sembla-t-il, aurait ouvert la porte et serait entrée.

Dans la pièce voisine, on avait apporté une cuvette, du dentifrice. La femme, tout en lui servant son déjeuner :

« Qu'en dites-vous ? Elle est gentille, la petite, n'est-ce pas ?

— Elle est gentille, c'est vrai... » Eguchi approuvait du chef, puis : « A quelle heure va-t-elle se réveiller, cette petite ? »

— Ça ? Vers quelle heure ? éluda la femme.

— Ne pourriez-vous me permettre de rester ici jusqu'à son réveil ?

— Ça ! cela ne peut pas se faire ici ! dit la femme d'un ton un peu plus précipité. Même nos clients les plus fidèles ne font pas cela.

— Tout de même, elle est trop gentille, cette petite !

— Ne vaut-il pas mieux vous en tenir aux relations que vous avez eues avec elle dans son sommeil, sans vouloir y mêler une sentimentalité vulgaire ? Cette petite ignore totalement qu'elle a couché avec vous, de sorte qu'il ne peut en résulter aucun ennui.

— Oui, mais moi je m'en souviens. Si par hasard je la rencontrais dans la rue...

— Bah ! Auriez-vous donc l'intention de lui adresser la parole ? Vous feriez mieux de laisser cela. N'êtes-vous pas coupable ?

— Coupable ? » Eguchi répéta le mot.
« C'est bien cela !
— Je suis coupable ?
— Laissez donc là vos récriminations, donnez-nous votre clientèle, et considérez une fille endormie comme une fille endormie. »

Eguchi avait envie de dire qu'il n'était pas encore un vieillard tombé si bas dans la misère, mais il battit en retraite.

« Cette nuit, il m'a semblé qu'il pleuvait.
— Ah ! vous croyez ? Je ne m'en étais pas du tout aperçue.
— Je suis sûr que c'était la pluie. »

Sur la mer que l'on apercevait par la fenêtre, les petites vagues proches du rivage étincelaient au soleil levant.

III

Quand le vieil Eguchi alla pour la troisième fois dans la maison des « Belles Endormies », huit jours s'étaient écoulés depuis sa seconde visite. Entre la première et la seconde, une quinzaine s'était passée; l'intervalle s'était donc réduit de moitié.

Eguchi s'était-il à son tour laissé peu à peu ensorceler par l'enchantement des filles endormies?

« Cette nuit, c'est une apprentie, peut-être cela ne vous plaira-t-il pas, mais il faudra vous en faire une raison! dit l'hôtesse tout en versant le thé.

— Une autre encore?

— Comme vous avez téléphoné au dernier moment avant de venir, j'ai dû prendre ce que j'avais sous la main... Si vous avez une préférence pour l'une des petites, faites-le-moi savoir deux ou trois jours à l'avance, s'il vous plaît?

— Ah! bon. Cependant, ce que vous appelez une apprentie, qu'est-ce à dire?

— Une nouvelle, une petite fille. »

Le vieil Eguchi eut un sursaut.

« Elle n'est pas habituée, alors elle avait peur, et elle m'a demandé si elles ne pourraient pas être à deux, mais si le client n'aime pas cela, il vaut mieux pas.

— A deux? Il me semble que cela me serait indifférent qu'elles soient à deux. Mais au fait, dans ce sommeil de mort, comment pourrait-elle éprouver de la peur ou quoi que ce soit?

— C'est vrai, bien sûr, mais comme c'est une petite qui n'est pas habituée, allez-y doucement, je vous en prie!

— Oh! je ne lui ferai rien.

— Cela, je le sais bien!

— Une apprentie! grommela le vieil Eguchi. Il vous arrive des choses bizarres parfois! »

La femme, après avoir comme les autres fois entrebâillé la porte et jeté un coup d'œil, dit :

« Elle dort, alors, quand il vous plaira! » et elle quitta la pièce. Le vieillard se versa une autre tasse de thé et s'allongea, la tête appuyée sur son coude. Un sentiment de vide frileux l'envahit. Avec un geste d'ennui, il se leva, ouvrit doucement la porte de communication et examina la pièce secrète tendue de velours.

La « petite fille » avait un visage menu. Ses cheveux, coiffés semblait-il en nattes que l'on venait de défaire, couvraient en désordre l'une de ses joues, et comme le dos de sa main cachait l'autre joue jusqu'aux lèvres, son visage paraissait plus étroit encore. C'était une fillette ingénue qui dormait. La main était retournée, et comme les doigts en étaient mollement étendus, le bord de la main se trouvait appliqué sous l'œil, et les doigts, recourbés le long du nez, recouvraient les lèvres. Le médius, plus long, dépassait légèrement et descendait jusqu'au bas du menton. C'était la main gauche. La droite reposait sur le bord de la couverture que les doigts serraient légèrement. Elle n'avait aucun maquillage. Il ne semblait pas non plus qu'elle se fût démaquillée avant de se coucher.

Le vieil Eguchi se glissa doucement à ses côtés. Il prit bien soin de ne pas la toucher. La fille n'eut pas un frémissement. Cependant sa chaleur, bien distincte de celle de la couverture électrique, vint envelopper le vieillard. C'était comme une chaleur pas mûre, sauvage. Peut-être était-ce l'odeur des cheveux et de la peau qui donnait cette impression, mais ce n'était pas cela seulement.

« Seize ans à peu près ? » murmura Eguchi. Dans cette maison venaient des vieillards incapables désormais de traiter une femme en femme, mais dormir paisiblement aux côtés d'une fille pareille était sans doute encore une de leurs consolations illusoires dans leur poursuite des joies de la vie enfuie : voilà ce qu'Eguchi comprit à sa troisième visite dans cette maison. Peut-être était-il aussi des vieillards qui souhaitaient en leur for intérieur dormir eux-mêmes d'un sommeil éternel aux côtés d'une fille endormie. Tenter le cœur mort d'un vieillard au moyen du jeune corps d'une fille paraissait une bien triste entreprise. Oui, mais des vieillards qui fréquentaient cette maison, Eguchi était le plus sensible, et le plus grand nombre sans doute ne cherchaient qu'à aspirer la jeunesse de la fille endormie, qu'à jouir d'une femme qui ne pouvait s'éveiller.

Au chevet, il y avait toujours deux comprimés blancs de somnifère. Le vieil Eguchi les prit dans ses doigts, mais comme les comprimés ne portaient ni inscription, ni marque, il ne put savoir le nom de la drogue. Il était évident que ce n'était pas celle que l'on avait fait avaler ou que l'on avait injectée à la fille. Il se demanda s'il n'allait pas essayer, la prochaine fois qu'il viendrait, d'obtenir de l'hôtesse la même drogue que celle de la fille. Il ne semblait pas qu'elle dût lui en donner, mais à supposer que ce soit, qu'adviendrait-il si lui aussi se trouvait plongé dans un sommeil de mort ? Le vieillard fut séduit par l'idée qu'il pourrait dormir d'un sommeil de mort à côté d'une fille que l'on avait plongée dans un sommeil de mort.

« Dormir d'un sommeil de mort ! »

Ces mots éveillèrent en lui le souvenir d'une femme. L'avant-dernière année, au printemps, Eguchi avait ramené une femme dans un hôtel de Kôbe. Il l'avait ramenée d'une boîte de nuit, et il était minuit passé. Il avait bu du whisky qu'il avait dans sa chambre et il en avait offert à la femme. Elle en avait bu autant que lui. Le vieillard avait mis la robe de nuit de coton de l'hôtel, mais comme il n'y en avait pas pour elle, elle s'était laissé mettre au lit en gardant ses dessous. Il avait mis le bras autour du cou de la femme et, tout troublé, lui caressait doucement le dos, quand elle s'était redressée.

« Je ne pourrai pas dormir avec ces choses-là ! » et elle avait enlevé tout ce qu'elle avait sur le corps et l'avait jeté sur une chaise, devant la glace. Le vieillard en avait été un peu surpris, mais s'était dit que c'était sans doute l'usage des Blancs. Et puis la femme s'était montrée étonnamment docile. Eguchi, quand il eut desserré son étreinte, dit :

« Encore... ?

— Vous trichez ! Monsieur Eguchi, vous trichez ! » avait répété la femme, mais docilement elle s'était laissé faire. Eguchi, étourdi par l'alcool, s'était endormi aussitôt. Le lendemain matin, il avait été réveillé par les mouvements de la femme. Elle était devant la glace et se recoiffait.

« Il est rudement tôt!

— C'est que j'ai des enfants.

— Des enfants?

— Eh oui! Deux! Des petits! »

Et elle était partie en hâte, avant même que le vieillard fût levé.

Que cette femme au corps mince et ferme fût la mère de deux enfants avait été une surprise pour le vieil Eguchi. Son corps n'en donnait nullement l'impression. Elle avait des seins qui ne semblaient pas avoir jamais donné de lait.

Quand il avait ouvert sa valise pour prendre une chemise fraîche pour sortir, il en avait trouvé le contenu soigneusement rangé. En dix jours de séjour, il avait fourré dedans son linge sale roulé en boule, et pour y prendre quoi que ce soit, il remuait tout jusqu'au fond; il y avait jeté les cadeaux qu'il avait achetés ou reçus à Kôbe, et tout cela formait une masse confuse, au point que la valise ne fermait plus. Comme le couvercle restait soulevé, cela se voyait, et quand le vieillard en avait extrait un paquet de cigarettes, la femme avait sans doute aperçu ce beau désordre. Mais malgré tout, comment l'idée lui était-elle venue de ranger? Et quand l'avait-elle rangé? Les sous-vêtements qu'il avait jetés un peu partout étaient eux aussi soigneusement pliés, et il était évident que même pour les mains d'une femme, il avait fallu pour cela un certain temps. Etait-ce la veille au soir, après qu'Eguchi se fut endormi, que la femme, ne pouvant dormir, s'était relevée pour ranger la valise?

« Hum! avait grogné le vieillard en contem-

69

plant le contenu adroitement remis en ordre. Dans quelle intention a-t-elle fait cela ? »

Le lendemain soir, la femme était arrivée en kimono au restaurant de cuisine japonaise où il lui avait donné rendez-vous.

« Il vous arrive de porter le kimono ?

— Eh oui, de temps à autre... ça ne doit pas m'aller, avait-elle dit avec un timide sourire. Aux environs de midi, j'ai eu un coup de téléphone d'une amie, elle en a été toute retournée. Dites, vous m'aviez bien dit que ça ne vous faisait rien ?

— Vous lui avez raconté ?

— Eh oui, parce que je ne lui cache rien. »

En ville, le vieil Eguchi lui avait acheté de l'étoffe pour une robe et pour une ceinture, puis ils étaient revenus à l'hôtel. Par la fenêtre, on apercevait les feux des navires ancrés dans le port. Debout à la fenêtre, Eguchi, tout en embrassant la femme, avait fermé les persiennes et les rideaux. Il avait montré la bouteille de whisky de la veille, mais elle avait secoué la tête. Elle avait résisté, décidée à ne pas perdre son sang-froid. Elle s'était endormie comme on coule au fond de l'eau. Le lendemain matin, comme Eguchi se levait, la femme avait ouvert les yeux.

« Ah! J'ai dormi d'un sommeil de mort! Oui, vraiment, d'un sommeil de mort! »

Elle se tenait immobile, les yeux écarquillés. Des yeux clairs et humides.

Elle savait que ce jour-là Eguchi devait retourner à Tôkyô. Son mari était le représentant d'une compagnie commerciale étrangère, qui l'avait épousée pendant qu'il était en poste à Kôbe, mais voilà près de deux ans, il était parti pour Singapour. Le mois prochain, il devait venir rejoindre sa famille à Kôbe. Cela aussi elle l'avait raconté la

70

veille au soir. Jusque-là, Eguchi avait ignoré que la jeune femme fût mariée et qu'elle était l'épouse d'un étranger. Elle n'avait été pour lui qu'une facile conquête de boîte de nuit. Quand, la veille au soir, le vieil Eguchi était entré par désœuvrement dans cette boîte, il y avait là deux Européens et quatre Japonaises. Comme il connaissait de vue l'une d'entre elles, une femme entre deux âges, il l'avait saluée. C'était elle qui paraissait avoir amené le groupe. Quand les deux étrangers s'étaient levés pour danser, elle l'avait engagé à faire danser la jeune femme. Eguchi, au milieu de la seconde danse, l'avait invitée à s'éclipser avec lui. La jeune femme s'en était amusée comme d'une farce. Et comme elle était venue à l'hôtel sans faire de cérémonies, ce fut au tour d'Eguchi de se sentir un peu emprunté en entrant dans sa chambre.

Eguchi en était ainsi arrivé à se conduire de façon inconvenante avec une femme mariée, mieux, avec l'épouse japonaise d'un étranger. La femme semblait encline à découcher en laissant ses petits enfants à la garde d'une nourrice ou d'une bonne d'enfants, et comme elle ne laissait rien voir des réticences habituelles aux femmes mariées, Eguchi non plus n'avait éprouvé sérieusement le sentiment d'une inconvenance, mais un vague remords ne s'en était pas moins glissé au fond de son esprit. Cependant, de s'entendre dire par la femme qu'elle avait dormi d'un sommeil de mort, et sa joie en le disant, était resté en lui comme une note de musique juvénile. A cette époque, Eguchi avait soixante-quatre ans, et la femme devait en avoir entre vingt-quatre, vingt-cinq et vingt-sept, vingt-huit. Le vieil homme en était à se demander si ce n'était pas la dernière fois qu'il aurait eu affaire à une jeune femme. Qu'importait que ce n'eût été que deux nuits, ou plutôt une seule nuit; celle qui avait dormi d'un sommeil de mort était devenue pour lui inoubliable. Elle lui avait envoyé une lettre, lui avait écrit qu'elle aimerait le revoir s'il revenait dans le Kansai. Dans une autre lettre, environ un mois plus tard, elle lui avait annoncé que son mari était revenu à Kôbe, mais que cela n'avait pas d'importance, qu'elle espérait malgré cela le revoir. Une lettre analogue était arrivée encore, un peu plus d'un mois après celle-là. Après quoi, la correspondance avait cessé.

« Au fait, elle se sera trouvée enceinte pour la troisième fois... Certainement, ce devait être cela ! »

Voilà ce que le vieil Eguchi murmurait, trois ans plus tard, à l'heure où, aux côtés de la fillette endormie d'un sommeil de mort, il s'était ressouvenu de cette femme. Jusqu'à présent, l'idée ne lui en était jamais venue. Pourquoi donc s'en avisait-il maintenant à l'improviste ? Il en était lui-même intrigué, mais quand il essaya de rassembler ses souvenirs, il eut le sentiment qu'il était certainement dans le vrai. Si elle avait cessé de lui donner de ses nouvelles, était-ce parce qu'elle était enceinte ? C'était donc cela ! A cette idée, il sentit comme un sourire lui monter aux lèvres. Qu'après avoir accueilli son mari revenu de Singapour, la femme ait été enceinte, c'était comme si elle avait été lavée de son inconduite avec Eguchi, et cela mettait le vieillard à l'aise. A ce point, il éprouva une sorte de nostalgie pour le corps de la femme. Aucun sentiment érotique ne l'accompagnait. Ce corps ferme, lisse, bien proportionné, lui apparaissait comme un symbole de la jeunesse féminine.

Sa grossesse supposée n'était rien d'autre qu'une subite intuition d'Eguchi, et pourtant, il n'en pouvait douter, comme d'une vérité d'évidence.

« Monsieur Eguchi, vous m'aimez ? lui avait demandé la femme à l'hôtel.

— Mais oui, je vous aime ! avait répondu Eguchi. C'est la question habituelle des femmes !

— Et pourtant, aussi... » dit la femme, et elle se tut sans achever sa phrase.

« Vous ne demandez pas ce que j'aime en vous ? avait dit le vieillard, ironique.

— Ah ! ça va, laissez cela ! »

Cependant, quand il s'était entendu demander par la femme s'il l'aimait, il lui avait paru évident qu'en effet il l'aimait. Et du reste, aujourd'hui encore, après trois ans, il n'avait pas oublié qu'elle lui avait posé cette question. Après la naissance d'un troisième enfant, avait-elle toujours ce corps qui semblait n'avoir jamais enfanté ? Le regret de cette femme s'empara de lui.

Le vieillard paraissait avoir presque oublié la fillette endormie à ses côtés, et c'était à elle pourtant qu'il devait de s'être souvenu de la femme de Kôbe. Gêné par le coude de la fille dont le dos de la main était appliqué contre la joue, il lui prit donc le poignet et lui allongea le bras sous la couverture. En raison de la chaleur de la couverture électrique, elle s'était découverte jusqu'à l'omoplate. L'arrondi juvénile de l'épaule était si proche qu'il bouchait la vue d'Eguchi. Il lui sembla que cette rondeur dût s'adapter à sa paume ; l'envie lui vint de la saisir, mais il y renonça. Il distinguait l'omoplate que les chairs dissimulaient à peine. Eguchi fut tenté de la caresser en suivant les contours de l'os, mais il renonça encore. Tout ce qu'il fit, ce fut d'écarter doucement les longs

73

cheveux qui recouvraient la joue droite. La lueur vague qui tombait du plafond et que renvoyait la tenture cramoisie des quatre murs adoucissait le visage de la fille. Les sourcils étaient sans apprêt. Les longs cils étaient parfaits; l'on eût, du bout des doigts, pu les saisir. Le milieu de la lèvre inférieure était légèrement plus épais. Les dents ne se voyaient pas.

Le vieil Eguchi en était venu, dans cette maison, à penser que rien n'était plus beau que le visage insensible d'une jeune femme endormie. N'était-ce pas la suprême consolation que ce monde pouvait offrir? La plus belle femme ne saurait dans le sommeil dissimuler son âge. Un jeune visage est agréable dans le sommeil, même si la femme n'est pas une beauté. Peut-être aussi ne choisissait-on dans cette maison que des filles agréables à voir dans leur sommeil. Eguchi se contentait de contempler de tout près le petit visage, et il lui semblait que sa propre vie et ses mesquins soucis de tous les jours se dissipaient mollement. Il suffirait sans aucun doute de prendre le somnifère et de s'endormir dans cet état d'esprit pour jouir du bonheur de cette nuit bénie, mais le vieillard paisiblement tenait les yeux clos et restait immobile. Cette fille déjà lui avait permis de se ressouvenir de la femme de Kôbe, et il lui semblait qu'elle devait encore lui accorder quelque autre souvenir, dont le sommeil risquait de le frustrer.

L'intuition subite que la jeune femme de Kôbe s'était, dès le retour de son mari après deux ans d'absence, trouvée enceinte, et le sentiment que cette intuition devait de toute nécessité être conforme à la réalité, s'étaient imposés au vieillard qui ne parvenait plus à s'en défaire. Son aventure avec Eguchi ne pouvait, pensait-il, avoir infligé ni honte ni souillure à l'enfant porté et mis au monde par elle. Le vieillard ressentait comme une bénédiction sa grossesse et son accouchement, dès lors qu'il les tenait pour certains. En cette femme vivait et se mouvait une jeune vie. Pour lui, c'était comme si, à cet instant, on lui avait fait connaître sa propre vieillesse. Mais pourquoi cette femme s'était-elle docilement abandonnée, sans répulsion ni réticence? Comme si le vieil Eguchi n'avait pas vécu près de soixante-dix ans déjà. Il n'y avait chez cette femme rien de vénal, ni rien de frivole. Eguchi s'était senti avec elle moins coupable en tout cas que là, dans cette maison, étendu aux côtés de la fillette endormie d'un sommeil suspect. Jusqu'à sa façon de se hâter le lendemain matin, fraîche et dispose, pour retourner chez elle auprès de ses petits enfants, que le vieillard avait appréciée en la regardant de son lit. La pensée qu'il se pouvait qu'elle fût pour lui sa dernière femme jeune la lui avait rendue inoubliable, mais peut-être elle non plus n'avait-elle oublié le vieil Eguchi. Sans qu'ils en eussent été profondément blessés ni l'un ni l'autre, et dussent-ils en garder le secret toute leur vie, ni l'un ni l'autre sans doute n'oublieraient jamais.

Il était étrange malgré tout que, parmi les « Belles Endormies », ce fût la petite apprentie qui eût, en ce moment, suscité chez le vieillard le souvenir distinct de la femme de Kôbe. Il rouvrit les yeux. Du doigt, il caressa doucement les cils de la fillette. Elle fronça les sourcils, et comme elle détournait le visage, ses lèvres s'écartèrent. La langue, collée à la mâchoire inférieure, était contractée, comme enfoncée au fond de la bouche. Cette langue enfantine était traversée en son milieu par un creux mignon. Eguchi éprouva une tentation. Il contemplait la bouche ouverte de la fille. A supposer qu'il lui serrât la gorge, cette petite langue se convulserait-elle ? Le vieillard se souvint d'avoir rencontré jadis une prostituée plus jeune encore que celle-ci. Il n'avait pas ces goûts-là, mais il était l'invité, et on la lui avait attribuée. La fillette se servait de sa langue mince et effilée. Elle était insipide. Eguchi manquait d'entrain. De la rue lui parvenait comme pour le stimuler un bruit de tambours et de flûtes. C'était une nuit de fête, semblait-il. La fillette avait des yeux fendus en amande et un visage éveillé, mais son client, visiblement, ne l'intéressait pas, et elle bâclait son affaire.

« C'est la fête, hein ? avait dit Eguchi. Tu voudrais bien vite aller à la fête, n'est-ce pas ?

— Ah ! vous au moins, vous comprenez ! Oui, c'est vrai ! J'avais rendez-vous avec des amies, et puis on m'a appelée ici.

— Bon, ça va ! avait dit Eguchi, et il avait esquivé la langue insipide et froide de la fillette. Ça va, te dis-je. Vas-y vite ! C'est au temple qu'on bat le tambour.

— Mais c'est que je vais me faire gronder par la patronne !

— Ça va, je me charge d'arranger cela !

— Ah bon ? C'est vrai ?

— Quel âge as-tu donc ?

— Quatorze ans ! »

La fille n'éprouvait aucune gêne à l'égard de l'homme. Et pour elle-même elle ne montrait ni humiliation ni détresse. Elle était parfaitement indifférente. Elle s'était attifée précipitamment et avait couru rejoindre la fête dans la rue sans demander son reste. Eguchi était resté un bon moment à fumer en écoutant les tambours, les flûtes et les discours des bonimenteurs des baraques de foire.

Quel âge avait-il en ce temps-là ? Il ne s'en souvenait plus, mais encore qu'il fût déjà d'âge à laisser sans regret la fillette s'en aller à la fête, il n'était pas encore le vieillard qu'il était à présent. La fille de cette nuit pouvait avoir deux ou trois ans de plus que celle-là et, comparée à l'autre, elle était plus femme par la plénitude de ses formes. Et d'abord, il y avait entre elles une différence considérable du fait que celle-ci avait été endormie et qu'en aucun cas elle ne se réveillerait. Les tambours de la fête eussent-ils battu qu'elle ne les eût entendus.

Il tendit l'oreille et il lui sembla que le vent d'hiver se traînait exténué à travers les montagnes qui dominaient la mer. Un souffle tiède sorti des lèvres entrouvertes de la fille vint frapper son visage. La lueur réfléchie par le velours cramoisi pénétrait jusque dans la bouche de la fille. Sa langue ne donnait pas l'impression d'être insipide et froide comme la langue de l'autre. La tentation qu'avait éprouvée le vieillard se représenta avec plus de force. Dans la maison des « Belles Endormies », cette fillette était la première qui laissât, en dormant, entrevoir sa langue dans sa bouche. La tentation d'un forfait plus à même de fouetter le sang d'un vieillard que la simple envie de mettre le doigt dans cette bouche et de toucher la langue lui parut frémir dans sa poitrine.

Toutefois ce forfait, cette chose cruelle qui s'accompagnait d'une vive terreur, à présent flottait dans l'esprit d'Eguchi sans prendre aucune forme définie. Le pire forfait qu'un homme puisse commettre à l'égard d'une femme, quel pouvait-il être, au fait ? Ce qui lui était arrivé par exemple avec la femme mariée de Kôbe ou avec la prostituée de quatorze ans n'avait occupé qu'un instant dans une longue vie, et l'instant suivant l'avait emporté. D'avoir épousé sa femme, d'avoir veillé à l'éducation de ses filles, voilà qui était communément tenu pour un bien, et pourtant il les avait entravées dans la durée de leur temps et il avait contrôlé leur vie de femme au point d'infléchir jusqu'à leur caractère : vu sous cet angle, peut-être était-ce plutôt un mal. Les usages du monde, confondus avec le maintien de son ordre, ne faisaient peut-être qu'anesthésier le sens du mal.

Rester étendu aux côtés d'une fille qu'on avait endormie était un forfait, sans aucun doute. A supposer qu'il la tue, c'en serait un aussi, et plus nettement encore. Etrangler la fille, l'étouffer en obstruant sa bouche et ses narines, serait probablement très facile. Cependant la petite fille dormait, sa bouche ouverte laissant entrevoir sa langue enfantine. Si le vieil Eguchi y posait le doigt, cette langue semblait disposée à s'arrondir comme celle d'un bébé qui tète. Il appliqua la main sur le nez et le menton et lui referma la bouche. Lorsqu'il enleva la main, les lèvres de la fille s'écartèrent à nouveau. Dans le charme qu'elle conservait même en dormant avec les lèvres entrouvertes, le vieillard voyait le signe de sa jeunesse.

Sans doute était-ce parce que la fille était trop jeune qu'Eguchi avait, par réaction, senti la tentation du mal s'agiter en son cœur, mais parmi les vieillards qui fréquentaient en secret la maison des « Belles Endormies », on pouvait penser que tous ne venaient pas uniquement pour remâcher tristement les regrets de leur jeunesse enfuie, qu'il

en était aussi qui le faisaient pour oublier les forfaits commis au long de leurs jours. Le vieux
Kiga, qui avait présenté Eguchi, n'avait bien
entendu rien laissé percer des secrets des autres
clients. Il était probable que les membres de ce
club étaient peu nombreux. Et ces vieillards, on
pouvait deviner qu'au sens où l'entend le vulgaire,
c'étaient des gens qui avaient réussi dans la vie, et
non des ratés. Cependant, certains d'entre eux
devaient avoir assuré leur réussite en faisant le
mal et ne la maintenaient qu'en répétant leurs
forfaits. Ceux-là n'avaient pas la paix du cœur, ils
étaient plutôt des anxieux, des vaincus. Ce qui
montait du fond de leur poitrine quand ils étaient
étendus au contact de la nudité d'une jeune
femme endormie, peut-être n'était-ce que la terreur de la mort prochaine et le vain regret de leur
printemps disparu. Peut-être y avait-il aussi le
remords de la dépravation de leurs actes passés et
les malheurs domestiques habituels aux gens qui
réussissent. Il est possible qu'il n'est pas pour les
vieillards de Bouddha qu'ils puissent prier à
genoux. Une belle fille nue serrée dans leurs bras,
ils versent des larmes glacées, s'abîment en
bruyants sanglots et gémissent, mais la fille les
ignore et jamais ne s'éveillera. Les vieillards n'en
éprouvent nulle honte, et leur vanité n'en souffre
nulle blessure. Ils sont absolument libres de
regretter, libres de se lamenter. Considérées sous
cet angle, les « Belles Endormies » ne seraient-
elles pas des sortes de Bouddhas ? Et de plus elles
sont vivantes. La peau, l'odeur jeune des filles,
peut-être apportent-elles aux tristes vieillards de
cette espèce pardon et consolation.

Quand ces pensées germèrent en lui, le vieil
Eguchi paisiblement ferma les yeux. Il était assez

étrange que des trois « Belles Endormies » connues jusqu'à présent, ce fût celle de cette nuit, la plus jeune, la plus petite, la moins apprêtée, qui suscitât chez Eguchi de pareilles idées. Le vieillard la prit dans ses bras. Jusque-là il avait évité même de la toucher. Il semblait qu'elle pouvait être complètement enveloppée par le corps du vieil homme. Elle était privée de force et n'opposait aucune résistance. Elle était mince à faire pitié. Dans son profond sommeil avait-elle senti le contact d'Eguchi ? Toujours est-il que ses lèvres se clorent. L'os saillant de la hanche causait une gêne au vieillard.

« Par quelle sorte d'épreuves cette petite fille devra-t-elle passer dans sa vie ? A défaut de ce qu'on appelle réussite ou succès, connaîtra-t-elle finalement une vie paisible ? »

Telles étaient les pensées qui venaient à Eguchi. En récompense des consolations que dans cette maison elle apporterait désormais aux vieillards, on pouvait lui souhaiter de trouver un jour le bonheur, mais il n'était pas interdit d'imaginer que cette fille n'était autre, comme dans les vieilles légendes, qu'un avatar de quelque Bouddha. N'était-il pas des légendes en effet dans lesquelles des prostituées ou des séductrices se révélaient être des incarnations de Bouddha ?

Tout en pressant doucement dans sa main les cheveux tombants de la fille, le vieil Eguchi essaya de retrouver son calme en s'efforçant de se confesser à lui-même les fautes et les dépravations de son passé. Mais ce qui lui revenait à l'esprit, c'étaient les femmes de ce passé. Et ce que le vieillard se complaisait à évoquer, ce n'étaient ni la durée, brève ou longue, de ses relations avec elles, ni leur beauté ou leur laideur, ni leur esprit ou leur sottise, ni leur distinction ou leur vulgarité, ni rien de ce genre. C'étaient des femmes comme par exemple la femme mariée de Kôbe qui avait dit :

« Ah! j'ai dormi d'un sommeil de mort! Vraiment, d'un sommeil de mort! »

C'étaient des femmes qui, à ses caresses, avaient répondu de toute leur sensibilité en s'oubliant elles-mêmes, qui avaient déliré, inconscientes de plaisir. Ces choses-là, plus que de la profondeur de l'amour d'une femme, témoignent sans doute de dispositions innées. Qu'en sera-t-il de cette petite fille quand elle sera, bientôt, arrivée à maturité? se dit le vieillard, et de la paume de la main il parcourut son dos. Mais il ne pouvait y avoir là de quoi lui fournir la réponse. La dernière fois, dans cette maison, aux côtés de la fille qui avait l'air d'une allumeuse, Eguchi s'était demandé jusqu'à quel point, au cours des soixante-sept années de son passé, il avait pu mesurer l'ampleur et la profondeur du désir humain, et puis il avait ressenti cette pensée comme le signe de sa propre décrépitude, mais il n'en était que plus étrange que la petite fille de cette nuit lui eût permis de revivre intensément son passé érotique. Le vieillard posa furtivement ses lèvres sur les lèvres closes de la fille. Elles n'avaient aucun goût. Elles étaient sèches. Leur absence de goût lui fut paradoxalement agréable. Peut-être Eguchi ne reverrait-il jamais cette fille. Quand les lèvres de cette petite fille palpiteraient, humectées par le désir, peut-être serait-il déjà mort. Cela non plus ne l'attristait. Le vieillard détacha ses lèvres des lèvres de la fille, et en effleura les sourcils et les cils. L'avait-il chatouillée? Son visage remua imperceptiblement, et elle appliqua son front contre les yeux du vieillard. Eguchi, qui avait gardé les yeux clos, les ferma plus étroitement encore.

Sous ses paupières flottaient et disparaissaient comme des visions incontrôlables. Bientôt ces visions prirent forme. Des flèches dorées passaient tout près. A leur pointe étaient fixées des fleurs de jacinthe pourpre foncé. A l'autre extrémité, il y avait des fleurs de cattleya de toutes les couleurs. C'était beau. Mais comment les flèches pouvaient-elles voler si vite sans que tombent les fleurs? Il était étrange qu'elles ne tombent pas; intrigué, le vieil Eguchi ouvrit les yeux, il avait failli s'assoupir.

Il n'avait pas encore pris le somnifère. Il regarda sa montre qu'il avait posée à côté des comprimés, elle marquait minuit et demi passé. Le vieillard prit les deux comprimés dans la paume de sa main, mais comme cette nuit ni le dégoût de vivre, ni la solitude de la vieillesse ne l'avaient assailli, il lui en coûtait de dormir. La fille respirait paisiblement dans son sommeil. Qu'avait-on bien pu lui faire avaler ou lui injecter? Elle ne paraissait nullement en souffrir. Etait-ce une forte dose de somnifère, ou bien peut-être un stupéfiant léger? Eguchi en venait à désirer sombrer, ne fût-ce qu'une fois, dans un sommeil aussi profond. Il quitta silencieusement la couche, et de la chambre de velours cramoisi il passa dans la pièce voisine. Dans l'intention de demander à l'hôtesse la même drogue que celle de la fille, il appuya sur la sonnette d'appel, mais le grelottement répété de la sonnerie suffit à le renseigner sur le froid qui régnait dans la maison et au-dehors. Il hésita à faire sonner longtemps la sonnette d'appel dans cette maison mystérieuse au cœur de la nuit. Comme c'était une région chaude, les feuilles qui tombent l'hiver restaient recroquevillées sur les branches; toutefois, au moindre souffle de vent on entendait un bruit de feuilles mortes remuées dans le jardin. Les vagues qui battaient la falaise s'étaient elles aussi calmées cette nuit. Le silence inhumain donnait à la maison un air de château hanté et le vieillard sentit un frisson glacé parcourir ses épaules. Il était sorti en robe de nuit de coton.

Lorsqu'il revint dans la chambre secrète, la petite fille avait les joues rouges. La chaleur de la couverture électrique était réglée bas, mais ce devait être l'effet de la jeunesse. Le vieillard se mit tout contre elle et s'y réchauffa. La fille était tiède, elle avait découvert sa poitrine, et la pointe de son pied était sur la natte.

« Tu vas t'enrhumer! » dit le vieil Eguchi, mais il ressentit l'énorme différence d'âge. La fille, petite et chaude, pouvait se pelotonner tout entière dans le creux du corps d'Eguchi.

Le lendemain matin, pendant que l'hôtesse lui servait son déjeuner, il dit :

« La nuit dernière, j'ai appuyé sur la sonnette d'appel, vous en êtes-vous aperçue? J'aurais voulu avoir de la même drogue que la fille. J'avais envie de dormir d'un sommeil pareil au sien.

— Ça, c'est interdit! Et d'abord, ce serait dangereux à votre âge!

— J'ai le cœur solide, rassurez-vous! Et si par hasard je m'étais endormi pour l'éternité, ce n'est pas moi qui m'en serais plaint!

— C'est la troisième fois seulement que vous nous honorez de votre visite, et déjà vous voilà à me raconter vos fantaisies!

— A propos, dans cette maison, quelle serait la

fantaisie la plus grande que l'on pourrait se permettre ? »

La femme considéra le vieil Eguchi d'un œil mauvais, puis un léger sourire flotta sur ses lèvres.

IV

LE ciel d'hiver, sombre depuis le matin, avait au
crépuscule tourné à la pluie fine. Celle-ci avait fait
place à son tour à de la neige fondue, ce dont le
vieil Eguchi ne s'aperçut qu'après avoir franchi le
portail de la maison aux « Belles Endormies ». La
femme ferma le vantail et mit le verrou. A la lueur
d'une lampe de poche dont elle éclairait ses pas,
apparaissaient des flocons blancs mêlés à la pluie.
Ces flocons blancs étaient peu nombreux et semblaient mous. Ils fondaient dès qu'ils tombaient
sur les pierres plates qui permettaient d'atteindre
l'entrée.

« Les dalles sont humides, faites attention, s'il
vous plaît ! » dit la femme qui, tout en l'abritant
sous son parapluie, voulut de l'autre main prendre la main du vieillard. Il parut à celui-ci que la
tiédeur désagréable de cette personne d'âge mûr
l'atteignait à travers son gant.

« Ça va très bien en ce qui me concerne ! dit
Eguchi en se dégageant d'une secousse. Je ne suis
pas encore vieux au point d'avoir besoin qu'on me
tienne par la main.

— C'est parce que les dalles sont glissantes »,
dit la femme.

Autour des dalles, il y avait des feuilles d'érable qu'on avait omis de balayer. Il y en avait qui étaient recroquevillées et décolorées mais, mouillées par la pluie, elles luisaient.

« Recevez-vous aussi des vieux gâteux qu'il vous faille tenir par la main ou prendre dans vos bras, qui soient par exemple paralysés d'un bras ou d'une jambe? dit le vieil Eguchi à la femme.

— Dispensez-vous de poser des questions à propos des autres clients.

— Tout de même, des vieux de ce genre, maintenant que voici l'hiver, c'est dangereux. A supposer qu'il y en ait un qui s'en aille ici d'une congestion cérébrale ou du cœur, que se passerait-il?

— Si par hasard une pareille chose arrivait, il n'y aurait plus qu'à fermer. Encore que pour le client, ce serait peut-être une fin heureuse!... répondit la femme d'un ton froid.

— Mais vous non plus, vous ne vous en tireriez pas à bon compte!

— Ah! çà. »

Quels pouvaient être les antécédents de cette femme? Toujours est-il qu'elle n'avait pas bronché.

Ils passèrent dans la pièce du premier, comme d'habitude. Dans le *toko-no-ma*, l'image du paysage de montagne au feuillage automnal avait, comme il se doit, fait place à un paysage d'hiver. C'était aussi, de toute évidence, une reproduction.

La femme, tout en préparant adroitement un thé de qualité, dit :

« Vous avez encore téléphoné au dernier moment, monsieur. Serait-ce qu'aucune des trois filles ne vous a plu?

— Bien au contraire, toutes les trois m'ont plu, et même trop. C'est vrai!

— Dans ce cas, vous pouviez prendre rendez-vous pour l'une d'entre elles, du moment que vous vous y preniez au moins deux ou trois jours à l'avance... Vous êtes inconstant, monsieur !

— Peut-on appeler cela de l'inconstance ? Envers une fille endormie ? La partenaire n'ignore-t-elle pas tout ? Que lui importe à qui elle a affaire ?

— Même endormie, elle n'en est pas moins une femme vivante, c'est pourquoi...

— Y aurait-il des petites qui s'inquiètent de savoir qui était le vieillard de la nuit ?

— Cela, il est absolument hors de question qu'on le leur dise ! C'est une règle stricte dans cette maison; alors, je vous en prie, soyez sans inquiétude !

— Du reste, il me semble que vous m'avez laissé entendre qu'il serait fâcheux que l'on s'attache trop à la même fille. Et vous devriez vous souvenir que vous m'avez dit l'autre fois, à propos d'« inconstance », à peu près ce que je viens de vous dire ce soir. Et ce soir vous dites exactement le contraire ! C'est curieux ! Vous êtes bien femme, vous aussi, et vous vous êtes trahie... »

La femme, avec un sourire ironique sur le bord de ses lèvres minces :

« Depuis votre jeunesse, vous avez dû en faire pleurer plus d'une, monsieur ! »

Et le vieil Eguchi, surpris par la brusque volte-face de la femme :

« Ah ! çà, par exemple ! Il n'y a pas de quoi rire !

— Vous prenez la mouche, comme c'est étrange !

— Si j'étais un homme de l'espèce que vous dites, je ne mettrais pas les pieds dans une maison comme celle-ci ! Ceux qui viennent ici, ce sont, je suppose, de vieux messieurs confits en regrets à l'égard des femmes. Des vieux messieurs au bout de leur rouleau, irrémédiablement !

— Çà ! peut-on savoir ? dit la femme, impassible.

— La dernière fois que je suis venu, j'avais posé une petite question : quelle pouvait être, ici, la plus grande fantaisie permise à un vieillard ?

— Çà... le fait est que les filles sont endormies.

— N'est-il pas possible d'avoir la même drogue qu'elles ?

— Je crois vous avoir déjà dit que non.

— Dans ce cas, quel serait le pire méfait qu'un vieillard puisse commettre ?

— Dans cette maison, il ne se passe rien de mal ! dit la femme en baissant la voix, comme pour stimuler Eguchi.

— Rien de mal ? » murmura le vieillard. Les noires prunelles de la femme restaient impassibles.

« Si par hasard vous aviez envie d'étrangler la fille, ce ne serait pas plus difficile que de tordre le bras d'un nouveau-né... »

Le vieil Eguchi, désagréablement impressionné, demanda :

« Même si on essayait de l'étrangler, elle ne se réveillerait pas ?

— Je le suppose.

— Ça ferait bien l'affaire pour un double suicide forcé.

— Quand vous vous sentirez trop triste pour vous tuer tout seul, ne vous gênez pas !

— Et quand on se sent trop triste pour se suicider ?...

— Ça doit arriver aux vieux messieurs, dit la femme, toujours impassible. Auriez-vous bu ce soir avant de venir? Vous dites de drôles de choses!

— J'ai bu pis que de l'alcool avant de venir! »

Cette fois, la femme ne put s'empêcher de jeter à la dérobée un coup d'œil au vieil Eguchi, mais, comme si tout cela était sans importance, elle dit :

« La petite de cette nuit est chaude. Pour un soir où il fait si froid, c'est exactement ce qu'il fallait. Réchauffez-vous bien! » Cela dit, elle descendit au rez-de-chaussée.

Quand Eguchi ouvrit la porte de la chambre secrète, une odeur douceâtre de femme l'accueillit, plus dense que d'ordinaire. La fille dormait, tournée de l'autre côté. Sa respiration était appuyée, sans pourtant que l'on puisse parler de ronflement. Elle semblait fortement charpentée. Le reflet de la tenture cramoisie empêchait de l'affirmer, mais son abondante chevelure semblait tirer sur le roux. De l'oreille charnue au cou épais, la peau paraissait réellement blanche. Comme l'avait dit la femme, elle donnait l'impression d'être chaude. Mais le visage n'était pas congestionné. Quand le vieillard se glissa derrière elle, elle fit : « Ah! » comme mue par un réflexe. Pour être chaude, elle était chaude, mais sa peau était lisse et comme visqueuse. Elle était entourée d'une moiteur dont on sentait l'odeur. Le vieil Eguchi se tint immobile quelque temps, les yeux fermés. La fille non plus ne bougeait. Plus bas que les hanches, ses formes étaient opulentes. Sa chaleur venait envelopper le vieillard plus qu'elle ne le pénétrait. La poitrine de la fille était généreuse, les seins étaient larges, attachés plutôt bas, et les mamelons étaient étrangement petits. L'hôtesse tout à l'heure avait parlé d'« étrangler la fille », mais s'il s'en souvenait, et si pareille tentation lui donnait comme un frisson, la faute en était à la peau de la fille. A supposer qu'il l'étranglât, quelle odeur répandrait son corps ? Eguchi essaya d'imaginer la mauvaise tenue qu'elle devait avoir en plein jour, debout et marchant, et il s'efforça de se dégager de ses idées pernicieuses. Cela l'apaisa quelque peu. Cependant, que lui importait qu'elle eût une démarche disgracieuse ? Que lui importait qu'elle eût des jambes bien faites ? Qu'importait à un vieillard de soixante-sept ans, surtout s'agissant d'une fille pour une seule nuit, qu'elle fût intelligente ou sotte, que son éducation eût été soignée ou négligée ? A présent, était-il question d'autre chose que de passer les mains sur son corps ? Et de plus, la fille avait été endormie : n'ignorait-elle pas que c'était lui, Eguchi, un vieux décati, qui la frôlait ? Demain, elle l'ignorerait toujours. N'était-elle pas exactement un jouet, une victime offerte ? Ce n'était encore que la quatrième fois que le vieil Eguchi venait dans cette maison, mais chaque fois un peu plus; et cette nuit particulièrement, il lui semblait sentir la paralysie gagner tout ce que contenait son cœur.

La fille de cette nuit avait-elle été entraînée aux usages de cette maison ? En était-elle arrivée à une indifférence totale à l'égard des pitoyables vieillards ? Toujours est-il qu'au contact d'Eguchi, elle n'avait réagi d'aucune façon. L'univers le plus inhumain devient humain par la force de l'habitude. Mille dépravations sont cachées dans les ombres de ce monde. Seulement, Eguchi différait un peu des vieillards qui fréquentaient cette maison. On pouvait même dire qu'il en différait du tout au tout. Le vieux Kiga qui l'avait introduit s'était trompé sur son compte en croyant qu'il devait en être au même point qu'eux tous, car

Eguchi n'avait pas perdu encore ce qui fait l'homme. Par conséquent, il était à présumer qu'il ne pouvait comprendre pleinement ni la véritable tristesse, ni les joies, ni les regrets, ni la solitude des vieillards qui fréquentaient cette maison. Pour lui, il n'était nullement indispensable que la fille fût endormie de telle façon qu'elle ne pût en aucun cas se réveiller.

Lors de sa seconde visite, par exemple, il avait failli, avec la fille provocante, enfreindre les interdits de la maison, et la surprise seule de l'avoir trouvée vierge avait fait qu'il s'était retenu. Après cela, il s'était juré de respecter les règles de la maison, ou plutôt la tranquillité des « Belles Endormies ». Il s'était juré de ne pas rompre le secret des vieillards. Et pourtant, à quelles préoccupations pouvait bien répondre le fait que, dans cette maison, l'on ne semblait faire appel qu'à des filles vierges ? Serait-ce pour répondre à un souhait, qu'il était permis de dire pitoyable, des vieillards ? Eguchi croyait comprendre cela, qui en même temps lui semblait stupide.

Cependant, la fille de cette nuit était bizarre. Le vieillard n'y pouvait croire. Il souleva le buste, reposa la poitrine sur l'épaule de la fille et contempla son visage. Comme tout son corps, le visage de la fille était irrégulier. Et pourtant, contrairement à toute attente, il était ingénu. La base du nez était un peu épatée, le sommet en était bas. Les joues étaient rondes et larges. Les cheveux descendaient bas sur le front, en triangle. Les sourcils courts étaient drus et ordinaires.

« Elle est mignonne ! » murmura le vieillard et il appuya la joue contre la joue de la fille. Elle aussi était lisse. Sous le poids qui pesait sur son épaule, la fille se retourna sur le dos. Eguchi s'écarta.

Le vieillard resta un moment les yeux fermés. C'était aussi parce que l'odeur de la fille était extraordinairement dense. On prétend que rien autant que les odeurs n'est propre à évoquer les souvenirs du passé, mais celle-ci n'était-elle pas trop douceâtre et trop épaisse ? Elle n'évoquait rien d'autre que l'odeur laiteuse d'un nourrisson. Les deux odeurs différaient certes du tout au tout. Mais n'étaient-elles pas en quelque sorte les odeurs fondamentales de l'espèce humaine ? Il s'était de tout temps trouvé des vieillards pour chercher à faire de la senteur que dégagent les petites filles une drogue de jouvence et de longé-vité. C'était à se demander si l'odeur de cette fille n'était pas un parfum de cette nature. Si le vieil Eguchi en venait à enfreindre à l'égard de cette fille les interdits de la maison, elle répandrait une odeur odieuse et âcre. Cependant, s'il en jugeait ainsi, n'était-ce point le signe qu'il était déjà trop vieux ? Une odeur dense comme celle de cette fille, et aussi cette odeur âcre précisément, n'était-elle pas à l'origine de la naissance de l'être humain ? C'était une fille qui semblait devoir concevoir faci-lement. Pour profondément endormie qu'elle fût, les processus physiologiques n'en étaient pas interrompus, et le lendemain elle finirait bien par se réveiller. A supposer qu'elle conçoive, ce serait absolument à son insu. Qu'adviendrait-il si le vieil Eguchi, à soixante-sept ans, laissait en ce monde un enfant conçu de la sorte ? Ce qui entraîne l'homme dans le « monde des démons », c'est bien, semble-t-il, le corps de la femme.

Cependant la fille avait été privée de toute résis-tance. Au bénéfice de ses vieux clients, au bénéfice de pitoyables vieillards. Elle n'avait pas un fil sur le corps et elle ne se réveillerait en aucun cas. Eguchi se sentit lui-même misérable, comme s'il avait mal au cœur, et il se surprit à murmurer: « Au vieil homme la mort, au jeune homme l'amour, la mort une seule fois, l'amour je ne sais combien de fois! » Il en avait été surpris, mais cela l'apaisait. Il n'était pas dans sa nature d'être emphatique à ce point. Dehors, on entendait le bruissement de la neige mêlée de pluie. Le bruit de la mer semblait en être étouffé. La vision d'une mer vaste et sombre, où les flocons de neige se dissolvaient en tombant, se présenta au vieillard. Un oiseau de proie pareil à un aigle immense, tenant dans son bec une chose dégoulinante de sang, tournoyait au-dessus des vagues noires qu'il effleurait de l'aile. La chose était-elle un bébé? C'était bien improbable. A voir de plus près, était-ce l'image des dépravations humaines? Eguchi secoua légèrement la tête et dissipa la vision.

« Ah! ce qu'il fait chaud! » dit-il. Ce n'était pas seulement à cause de la couverture électrique. La fille avait repoussé la couverture et dégagé à moitié sa poitrine large et opulente, mais pourtant un peu insuffisante. Sur sa peau blanche, la couleur de la tenture cramoisie vaguement se reflétait. Le vieillard, tout en contemplant cette belle poitrine, suivit du doigt la ligne du triangle que formaient les cheveux sur le front. La fille, depuis qu'elle était couchée sur le dos, respirait à longs traits paisibles. Sous ses petites lèvres, comment étaient les dents? Eguchi saisit entre ses doigts la lèvre inférieure et l'entrouvrit. La lèvre était petite, mais non menue, mais les dents, oui, menues et bien plantées. Quand le vieillard retira ses doigts, la fille ne referma pas complètement les lèvres.

Les dents se voyaient toujours un peu. Le vieil Eguchi saisit le lobe épais de l'oreille et y frotta le bout de ses doigts enduits de rouge à lèvres, puis il essuya ce qui en restait sur le cou épais. Sur le cou blanc il y avait un imperceptible trait rouge, adorable.

Celle-ci était-elle vierge aussi, se demanda Eguchi. Il avait eu un doute à propos de la fille de sa seconde nuit dans cette maison, puis, effrayé de sa propre abjection, il l'avait regretté, aussi n'était-il pas d'humeur à vérifier. Dans un cas comme dans l'autre, quelle importance cela pouvait-il avoir pour lui ? Soit, mais quand il s'avisa que cela ne lui était pas nécessairement indifférent, le vieillard crut entendre en lui-même une voix qui le raillait :

« Toi qui me tournes en dérision, es-tu le diable ?

— Le diable, dis-tu ? Ce n'est pas si simple ! Ne serait-ce pas tout bonnement une manière emphatique de te représenter ta sentimentalité et tes aspirations que la mort va détruire ?

— Mais non, j'essaie seulement d'envisager les choses en prenant le parti de vieillards plus misérables encore que moi.

— Fi donc ! Que dis-tu, dépravé ? Qui rejette ses responsabilités sur les autres mérite tout juste le nom de dépravé !

— Dépravé, dis-tu ? Eh bien, admettons ! Cependant, si une fille vierge est pure, pourquoi celle qui ne l'est plus ne le serait-elle pas ? Dans cette maison, ce ne sont pas des vierges que je viens chercher !

— C'est que tu ignores encore les désirs d'un vieillard réellement gâteux. Ne reviens plus jamais ! Si par impossible — la chose est infiniment peu probable je te l'accorde — mais si la fille ouvrait les yeux au milieu de la nuit, ne penses-tu pas que le vieillard n'en éprouverait guère de honte? »

Voilà les idées qui se présentaient à l'esprit d'Eguchi comme une sorte de dialogue avec lui-même, mais bien entendu ces raisons n'avaient sans doute rien à voir avec le fait que l'on endormait toujours des filles vierges. Ce n'était encore que la quatrième fois qu'il venait dans cette maison, mais de n'y trouver que des vierges l'intriguait. Etait-ce réellement ce que souhaitaient, ce que désiraient les vieillards?

L'idée par contre qui lui était venue à l'instant : « Et si par hasard elle ouvrait les yeux? » le séduisait énormément. Quel choc faudrait-il, de quelle force et de quelle sorte pour que la fille endormie entrouvre l'œil, fût-ce inconsciemment? Si par exemple on lui coupait un bras, ou si on lui plongeait une lame dans la poitrine ou le ventre, n'était-il pas improbable qu'elle pût dormir plus longtemps?

« Je suis devenu passablement mauvais! » murmura Eguchi pour lui-même.

Une impuissance pareille à celle des vieillards qui fréquentaient cette maison l'attendait sans doute avant peu d'années. Des idées d'atrocités germaient en lui : « Détruis cette maison, détruis ta propre vie! » Cependant la cause semblait en être une sorte d'intimité avec la fille endormie de cette nuit, qui n'était pas ce qu'on appelle une beauté classique, mais une jolie fille qui exhibait une poitrine blanche et large. Ou plutôt, ce devait être le phénomène inverse de l'esprit de contrition. Dans une vie qui paraît se résoudre en velléités, il est aussi une part de contrition. Peut-être ne possédait-il pas le courage de sa fille cadette qui avait vu avec lui le « Camélia Effeuillé » du Tsubaki-dera. Le vieil Eguchi ferma les yeux.

Sur un buisson taillé bas le long des pierres plates du sentier du jardin, deux papillons folâtraient. Tantôt s'y cachant, tantôt l'effleurant des ailes, ils semblaient prendre plaisir à ce jeu. Ils s'étaient élevés un peu au-dessus du buisson et leur vol léger s'entrecroisait, quand, d'entre les feuilles, un autre émergea, puis un autre encore. Ce sont deux couples, se disait-il, quand un cinquième vint se mêler au jeu. Allaient-ils se disputer ? Mais déjà du buisson d'autres encore s'élevaient, toujours plus nombreux, et tout le jardin fut bientôt un ballet de papillons blancs. Aucun d'entre eux ne montait bien haut. Alors les rameaux d'un érable, aux branches largement étalées et retombantes, s'agitèrent sous un vent imperceptible. Les rameaux de l'érable étaient effilés, mais ils portaient des feuilles larges, sensibles au vent. La foule des papillons blancs augmentait sans cesse et faisait comme un champ de fleurs blanches. A ne considérer que la présence de l'érable, cette vision pouvait-elle avoir un rapport avec la maison des « Belles Endormies » ? Les feuilles d'érable de la vision tournaient au jaune ou au rouge, et faisaient valoir par contraste le blanc de la foule des papillons. Cependant, les feuilles des érables de cette maison étaient déjà toutes tombées — certes il en restait encore quelques-unes, toutes recroquevillées, sur les branches, mais il y tombait de la neige à moitié fondue.

Eguchi avait totalement oublié le froid de cette neige fondue qui tombait au-dehors. Dans ces conditions, la vision du ballet de papillons blancs était due probablement à la fille qui, à ses côtés, déployait pour lui son opulente poitrine blanche. Se pouvait-il qu'il y eût chez elle quelque chose qui exorcisât les penchants pervers du vieillard ? Eguchi rouvrit les yeux. Il contempla les petits mamelons roses sur la poitrine large. Ils lui parurent comme les symboles de la bonté. Il posa une joue sur la poitrine. Il lui sembla que la chaleur pénétrait sous ses paupières. L'envie lui vint de laisser à la fille un signe de lui-même. S'il enfreignait les interdits de cette maison, elle en souffrirait certainement après son réveil. Le vieil Eguchi traça sur la poitrine de la fille quelques marques couleur de sang et se sentit frissonner.

« Il commence à faire froid ! » dit-il, et il remonta la couverture. Puis il avala consciencieusement les deux comprimés de somnifère, comme d'habitude préparés à son chevet. « Elle est lourde ! C'est qu'elle est épaisse du bas ! » dit encore Eguchi en la prenant à bras-le-corps pour la retourner à sa convenance.

Le lendemain matin, le vieil Eguchi fut réveillé deux fois par l'hôtesse. La première fois, la femme avait frappé à la porte de communication :

« Monsieur, il est déjà neuf heures !

— Oui, je suis réveillé ! Je me lève ! Il doit faire froid dans l'autre pièce ?

— Elle est chauffée, j'ai allumé le radiateur il y a un bon moment déjà.

— Et la neige ?

— Elle a cessé. Mais le temps est couvert.

— Ah ! bon.

— Le déjeuner est préparé depuis tout à l'heure.

— Ouais ! » avait répondu le vieillard évasivement et, somnolent, il avait refermé les yeux. Tout en se pressant contre la peau incomparable de la fille, il avait murmuré : « Un diable d'enfer vient m'appeler ! »

Quand la femme vint pour la seconde fois, une dizaine de minutes à peine s'étaient écoulées.

« Monsieur ! dit-elle en frappant plus fort à la porte. Vous êtes-vous rendormi ? » Sa voix traduisait l'agacement.

« Elle n'est pas fermée à clef, cette porte ! » dit Eguchi. La femme entra. Le vieillard se leva d'un air hébété. La femme l'aida à se changer, car il était tout ahuri, allant jusqu'à lui mettre ses chaussettes, mais ses gestes lui étaient désagréables. Quand ils furent revenus dans la pièce voisine, elle lui prépara son thé avec son adresse coutumière. Cependant, encore que le vieil Eguchi bût tranquillement, en savourant le thé, la femme le considéra froidement de ses yeux grands ouverts, comme prise d'un soupçon :

« La petite de cette nuit, l'avez-vous bien appréciée ?

— Ah ! Ben voyons !

— Alors parfait ! Avez-vous fait de beaux rêves ?

— Des rêves ? Ah ! non, je n'ai pas eu le moindre rêve ! J'ai dormi d'un sommeil de plomb. Il y a belle lurette que je n'avais dormi aussi bien ! dit Eguchi en étouffant un bâillement. Je ne suis pas encore bien réveillé.

— Vous avez dû vous fatiguer hier.

— Ce doit être à cause de cette petite. Cette petite-là, a-t-elle beaucoup de succès ? »

La femme baissa la tête et son visage se ferma.

« Je voudrais vous demander instamment une faveur ! dit le vieil Eguchi d'un ton pénétré. Après le déjeuner, ne voudriez-vous pas me donner encore de ce somnifère ? Je vous en supplie ! Je vous en témoignerai ma reconnaissance ! Je ne sais pas quand cette petite doit se réveiller, mais...

— Vous en avez de bonnes ! » Le visage noirâtre de la femme était devenu terreux et elle s'était raidie jusqu'aux épaules. « Que dites-vous là ? Il y a des limites à tout !

— Des limites ? » Le vieillard voulut rire, mais le rire ne passait pas.

La femme soupçonna-t-elle Eguchi d'avoir fait quelque chose à la fille ? Elle se leva précipitamment et entra dans la chambre voisine.

## V

Le Jour de l'An était passé, la mer houleuse faisait entendre son bruit de plein hiver. Sur la terre ferme, le vent était relativement faible.

« Eh bien, par une nuit si froide, vous vous êtes donné la peine !... dit en guise d'accueil l'hôtesse des « Belles Endormies », en tirant le verrou du portail.

— C'est parce qu'il fait froid que je suis venu, ne pensez-vous pas ? dit le vieil Eguchi. Par une froide nuit comme celle-ci, dans la chaleur d'un jeune corps, mourir subitement, ne serait-ce pas le paradis pour un vieillard ?

— Vous dites des choses déplaisantes !

— Bah ! Le vieillard est le voisin de la mort ! »

Le salon habituel du premier étage était chauffé par un radiateur. La femme, comme les autres fois, prépara un thé agréable.

« Qu'est-ce donc, on dirait un courant d'air ? dit Eguchi.

— Hein ? fit la femme en regardant autour d'elle. Il n'y a pas de courant d'air !

— N'y aurait-il pas un fantôme dans la pièce ? »

La femme eut un tressaillement des épaules et

regarda le vieillard. Son visage avait perdu toute couleur.

« Ne voulez-vous pas me donner une autre tasse de thé bien pleine ? Pas la peine de refroidir l'eau ! Versez-la-moi bouillante ! » dit le vieillard.

La femme, tout en faisant comme il le demandait, dit d'une voix glacée :

« Auriez-vous entendu dire quelque chose ?

— Ben voyons !

— Ah ! bon. Et bien que le sachant, vous êtes revenu ? » Avait-elle senti qu'Eguchi était au courant, toujours est-il qu'elle ne semblait faire aucun effort pour dissimuler davantage, mais elle avait l'air réellement contrariée.

« Vous avez pris la peine de venir, mais puis-je vous demander de repartir ?

— Puisque je suis venu sachant tout, que vous importe ?

— Hi, hi, hi... » Si les diables riaient, cela devait sonner ainsi.

« En tout cas, un accident de ce genre peut toujours se produire ! Car l'hiver est dangereux pour les vieillards... Si vous fermiez la maison, au moins pendant les grands froids ?

— ...

— J'ignore quelle sorte de vieillards viennent ici, mais à supposer qu'une seconde, une troisième mort suivent, vous-même, vous ne vous en tireriez pas à bon compte !

— Ces choses-là, allez les dire au patron ! En quoi serais-je coupable, moi ? dit la femme dont le visage était devenu plus terreux encore.

— Coupable, vous l'êtes ! N'avez-vous pas transporté le cadavre du vieillard dans une auberge d'une station thermale voisine ? Secrètement, dans l'ombre de la nuit... Vous y avez certainement prêté la main, vous aussi ! »

La femme, les deux mains crispées sur ses genoux, s'était raidie :

« C'est pour la réputation du vieux monsieur !

— La réputation ? Les morts ont-ils une réputation ? Soit, admettons que c'était pour sauver les apparences. Dans l'intérêt de la famille peut-être, plutôt que pour le vieux qui est mort. Encore que cela puisse paraître bien vain... Cette auberge-là et cette maison-ci ont-elles le même propriétaire ? »

La femme ne répondit pas.

« Que le vieillard était mort ici, aux côtés d'une fille nue, les journaux ne l'auront probablement pas révélé, je suppose, n'est-ce pas ? Si j'avais été ce vieux-là, j'ai l'impression que j'aurais été plus heureux si on m'avait laissé ici, au lieu de me transporter ailleurs.

— On ferait une autopsie, il y aurait une enquête avec toute sorte de tracasseries, et puis, comme la chambre est un peu bizarre, il pourrait même en résulter quelques ennuis pour les autres messieurs qui nous font l'honneur de nous accorder leur clientèle. Et pour les petites aussi...

— La fille aura dormi sans doute, ignorant que le vieillard était mort. Quand bien même le défunt se serait débattu quelque peu, il n'y aurait pas eu là de quoi la réveiller.

— Non, pour cela... Et pourtant, en admettant que le vieux monsieur soit mort ici, c'est la fille qu'il faudrait emporter et cacher quelque part. Et même alors, il me semble qu'on découvrirait par certains indices qu'il avait eu une femme à ses côtés.

— Comment, vous avez lâché la fille ?

— Mais n'est-ce pas cela qui serait devenu criminel pour de bon ?

— Que le vieillard mort se refroidisse ne suffisait certainement pas à réveiller la fille.

— Non !

— Elle ne s'est donc pas du tout aperçue que le vieillard était mort à ses côtés ? » insista Eguchi. Après la mort du vieil homme, combien de temps s'était-il passé pendant lequel la fille profondément endormie était restée blottie contre le cadavre glacé ? Elle avait ignoré de même qu'on emportait le corps.

« En ce qui me concerne, la tension est bonne et le cœur solide, rien à craindre donc ; mais si par extraordinaire il m'arrivait un accident, ne pourriez-vous pas me laisser aux côtés de la fille au lieu de me porter dans quelque auberge thermale ?

— Vous en avez de bonnes ! dit la femme précipitamment. Allez-vous-en, je vous en prie ! Si c'est pour dire des choses pareilles !

— Je plaisantais ! » dit le vieil Eguchi en riant. Comme il l'avait dit à la femme, il n'avait aucune raison de penser qu'une mort subite le menaçât.

Quoi qu'il en soit, l'annonce dans les journaux des funérailles du vieillard qui était mort ici portait simplement : « Décédé subitement. » Eguchi avait rencontré le vieux Kiga sur les lieux de la cérémonie funèbre, et c'est par ce que celui-ci lui avait glissé à l'oreille qu'il avait su les détails. Il était mort d'une angine de poitrine, mais :

« Cette auberge thermale, n'est-ce pas, ce n'était pas un endroit du genre de ceux que fréquentait cet homme-là. Il avait ses habitudes ailleurs, lui avait raconté le vieux Kiga. C'est pourquoi il s'est trouvé des gens pour insinuer que M. le directeur Fukura était mort en bonne fortune. Bien entendu, ces gens-là ignorent tout des circonstances réelles.

— Hum !

— Peut-être faut-il dire qu'il est mort en pseudo-bonne fortune, car ce n'était pas véritablement cela, et il a dû souffrir davantage. Pour moi qui étais en bons termes avec le directeur Fukura, une idée me trottait par la tête que je suis allé vérifier tout de suite. Cependant, il n'avait rien dit à personne. Et sa famille même ne sait rien. Les annonces dans les journaux étaient curieuses, n'est-ce pas ? »

Il y avait eu deux annonces, l'une à côté de l'autre. La première était au nom de son fils et de sa femme. L'autre avait été insérée par sa société.

« C'est que Fukura était comme ceci ! dit Kiga et, du geste, il dessina un cou épais, une poitrine large et un ventre particulièrement rebondi. Tu ferais bien de te surveiller, toi aussi !

— Pour moi, il n'y a rien à craindre de ce genre !

— Quoi qu'il en soit, on n'en a pas moins transporté cet énorme cadavre de Fukura, en pleine nuit, jusqu'à cette auberge thermale ! »

Qui l'avait transporté ? Bien entendu, on avait dû utiliser une voiture, mais le vieil Eguchi se sentait plutôt mal à l'aise en l'imaginant.

« Pour cette fois-ci, rien ne paraît avoir transpiré, mais moi je ne peux m'empêcher de penser que s'il arrive des choses comme celle-là, la maison en question n'en a plus pour bien longtemps ! avait murmuré le vieux Kiga à la cérémonie funèbre.

— Bien possible ! » avait répondu le vieil Eguchi.

Cette nuit, pensant qu'il était au courant de l'accident, la femme n'avait pas cherché à dissimuler, mais elle se tenait soigneusement sur ses gardes.

« La fille n'en a-t-elle réellement rien su ? lui demanda perfidement le vieil Eguchi.

— Il n'y avait pas de raison pour qu'elle le sache, toutefois le vieux monsieur semble avoir un peu souffert, car elle portait des égratignures du cou à la poitrine. Comme elle ne s'était rendu compte de rien, le lendemain, quand elle a ouvert les yeux, elle a dit : « Ah ! le vilain bonhomme ! »

— Le vilain bonhomme ? Quand c'étaient les souffrances de l'agonie !

— On ne peut vraiment parler de blessures. Par-ci, par-là, c'était couleur de sang, rouge et enflé. »

La femme semblait maintenant disposée à tout raconter au vieil Eguchi. Mais arrivé à ce point, celui-ci avait perdu toute envie d'en entendre davantage. Dans tout cela, il n'y avait jamais qu'un vieil homme mort subitement. Peut-être même avait-il eu une mort heureuse. La seule chose qui offusquât l'imagination d'Eguchi, c'était le transport jusqu'à l'auberge thermale de l'énorme cadavre dont lui avait parlé Kiga, mais :

« La mort d'un vieux gâteux, ce n'est pas beau à voir, n'est-ce pas ? Bah ! peut-être était-ce bien proche d'une fin heureuse... Et puis non, ce vieux-là s'en est certainement allé dans un monde démoniaque.

— ...

— Sa partenaire était-elle une fille que je connais ?

— Cela, je ne peux pas vous le dire !

— Allons donc !

— Comme elle a gardé des marques rouges du

105

cou à la poitrine, on l'a mise au repos jusqu'à ce qu'elles aient complètement disparu...

— Je prendrais bien une autre tasse de thé. J'ai soif!

— Oui. Je vais changer le thé.

— Après un incident de ce genre, à supposer même que vous parveniez à étouffer l'affaire d'un bout à l'autre, cette maison n'en aura plus pour longtemps, ne croyez-vous pas?

— Serait-il possible? dit la femme tranquillement et, sans lever la tête, elle versa le thé. Monsieur, une nuit comme celle-ci, les fantômes se promènent!

— Eh bien, moi, j'ai envie de parler sérieusement avec un fantôme!

— Et de quoi, s'il vous plaît?

— De la pitoyable vieillesse de l'homme, tiens!

— Cette fois, vous plaisantez! »

Le vieillard aspira le thé parfumé.

« C'était une plaisanterie, vous l'avez bien compris, mais des fantômes, j'en ai aussi qui habitent en moi. Et vous en avez, vous aussi, en vous-même », dit le vieil Eguchi, la main droite étendue en direction de la femme.

« Mais au fait, comment avez-vous su que ce vieillard était mort? demanda-t-il.

— Il m'avait semblé entendre un curieux grognement, et je suis montée voir au premier. Le pouls et la respiration étaient arrêtés.

— Et la fille n'en savait rien! répéta le vieillard.

— Puisqu'on s'est arrangé pour qu'elle ne puisse se réveiller pour si peu!

— Pour si peu?... Il n'y a pas de raison non plus qu'elle se soit aperçue qu'on emportait le cadavre du vieux.

— Non!

106

— Dans ce cas, le plus sinistre, c'est la fille!

— Il n'y a rien de sinistre à cela! Au lieu de dire des insanités, monsieur, dépêchez-vous donc de vous retirer dans la chambre voisine, je vous en prie! Vous est-il déjà arrivé avant cela de trouver sinistre une petite qui dort?

— Que la fille soit jeune, peut-être est-ce là ce qui est sinistre pour un vieillard!

— Qu'est-ce que vous racontez là!... » dit la femme avec un mince sourire, puis elle se leva et, entrouvrant la porte de communication : « Ça dort bien en vous attendant, alors, s'il vous plaît... Ah! oui, la clef! dit-elle et, la tirant de sa ceinture, elle la lui tendit. Ah! au fait, j'avais oublié de vous le dire, mais c'est que, cette nuit, elles sont deux!

— Deux? »

Le vieil Eguchi avait sursauté, mais il se demanda si, par hasard, ce n'était pas parce que la nouvelle de la mort subite du vieux Fukura s'était répandue parmi les filles.

« S'il vous plaît! » répéta la femme, et elle s'en alla.

Eguchi ouvrit la porte, mais la curiosité et la honte de la première fois s'étaient bien émoussées déjà; malgré cela, il eut un mouvement de surprise.

« Est-ce une apprentie aussi, celle-là? »

Cependant, à la différence de la « petite » apprentie de l'autre fois, celle-ci avait un air tout à fait sauvage. Cette allure sauvage lui fit presque oublier la mort du vieux Fukura. On l'avait étendue sur celle des deux couches placées côte à côte qui était la plus proche de l'entrée. Soit qu'elle ne fût pas habituée à des accessoires pour vieilles gens comme la couverture électrique, soit que son corps renfermât suffisamment de chaleur pour se moquer des froides nuits d'hiver, la fille avait repoussé la couverture jusqu'au milieu de la poitrine. Elle était étendue les bras en croix. Elle était couchée sur le dos, et les bras étaient écartés le plus qu'elle pouvait. Les aréoles des seins étaient larges, d'un noir violacé. Dans la lueur du plafond renvoyée par le velours cramoisi, leur couleur n'était pas belle, non plus que n'était belle la couleur de sa peau, du cou à la poitrine. Cependant elle avait un éclat noir. Il semblait qu'elle transpirait légèrement.

« C'est la vie même! » murmura Eguchi. Pour un vieillard de soixante-sept ans, une fille pareille respirait la vie. Eguchi douta un instant que ce fût une Japonaise. Signe qu'elle n'avait pas vingt ans, les mamelons n'étaient pas proéminents, encore que les seins fussent larges. Elle n'était pas grasse, et le corps avait un galbe ferme.

« Hum! » fit le vieillard, et il lui prit la main : les doigts étaient longs ainsi que les ongles. Le corps aussi devait être long, à la mode d'aujourd'hui. Au fait, comment pouvait être sa voix, comment ses intonations? A la radio ou à la télévision, il y avait quelques femmes dont Eguchi aimait la voix, et quand ces actrices paraissaient, il lui arrivait de fermer les yeux pour les entendre seulement. Le vieillard ressentit vivement le désir d'entendre la voix de la fille endormie. Mais une fille qui ne pouvait être réveillée n'allait pas se mettre à parler sans façon. Que faudrait-il faire pour qu'elle veuille bien parler dans son sommeil? Il est vrai que la voix est tout à fait différente dans le sommeil. Et du reste, la plupart des femmes disposent de plusieurs types de voix, mais celle-ci probablement n'en avait qu'une seule. A en juger à sa manière de dormir, elle était sans éducation et sans affectation.

Le vieil Eguchi, assis, jouait avec les ongles longs de la fille. Des ongles pouvaient-ils être aussi durs ? Etaient-ce là des ongles jeunes et sains ? La couleur du sang sous les ongles était vive. Il ne s'était pas aperçu jusque-là qu'elle portait un collier d'or, fin comme un fil. Le vieillard eut envie de sourire. Elle était, par cette nuit glaciale, découverte jusqu'au bas de la poitrine, et pourtant une fine sueur semblait perler sur son front, à la lisière des cheveux. Il tira son mouchoir de la poche et l'essuya. Une odeur lourde imprégna le mouchoir. Il lui essuya encore les aisselles. Comme il ne pouvait rapporter chez lui un mouchoir dans cet état, il le roula et le jeta dans un coin de la pièce.

« Tiens, elle a du rouge à lèvres ! » murmura-t-il. C'était là sans doute chose naturelle, mais chez cette fille-là cela prêtait à sourire, et il y regarda d'un peu plus près.

« Aurait-elle été opérée d'un bec-de-lièvre ? »

Le vieillard alla ramasser le mouchoir qu'il avait jeté et en essuya les lèvres de la fille. Il n'y avait aucune trace d'opération. Ce n'était que le milieu de la lèvre supérieure qui se relevait pour former une ligne triangulaire nettement dessinée. C'était inattendu et charmant !

Le souvenir lui revint alors subitement d'un baiser, voilà plus de quarante ans. Eguchi, debout devant la fille, la tenait très légèrement par les épaules quand, à l'improviste, il avait avancé les lèvres. Elle les avait évitées en tournant la tête tantôt à droite, tantôt à gauche.

« Non, non ! Je ne le ferai pas ! avait-elle dit.

— Ah ! ça va, c'est fait !

« — Moi, je ne l'ai pas fait ! »

Eguchi avait essuyé ses propres lèvres et lui avait montré son mouchoir qui portait des traces rougeâtres.

« Tu ne l'as pas fait ? Tiens !... »

La fille avait pris le mouchoir, l'avait regardé puis, sans mot dire, l'avait fourré dans son sac à main.

« Moi, je ne l'ai pas fait ! » avait-elle répété, et baissant la tête, les larmes aux yeux, elle s'était tue. Après cela, il ne l'avait jamais revue. — Qu'avait-elle bien pu faire de ce mouchoir ? Et puis non, qu'importait le mouchoir ! Aujourd'hui, quarante et quelques années plus tard, cette fille-là était-elle encore en vie ?

Jusqu'à cet instant où il avait aperçu le charmant triangle que formait la lèvre supérieure de la fille endormie, combien d'années s'étaient-elles écoulées pendant lesquelles il avait totalement oublié celle-là ? S'il abandonnait son mouchoir au chevet de celle-ci, elle y trouverait du rouge, et comme son propre rouge à lèvres était enlevé, à son réveil elle penserait qu'on lui avait dérobé un baiser. Il était évident que dans cette maison un baiser était dans les choses permises aux clients. Il n'y avait aucune raison de l'interdire. Pour le plus gâteux des hommes, un baiser reste dans les choses possibles. Le seul ennui était que la fille ne pouvait ni l'éviter, ni en être consciente. Ces lèvres endormies, peut-être étaient-elles froides et insipides. Les lèvres d'une femme morte, mais aimée, eussent sans doute suscité un frisson d'amour bien plus intense. Quand Eguchi évoquait la vieillesse misérable de ceux qui fréquentaient la maison, il perdait toute envie de les imiter sur ce point.

Cependant, la forme insolite des lèvres de la fille de cette nuit le stimulait plutôt. Etait-il possible qu'il existât des lèvres pareilles, se demandait le vieillard, et de la pointe du doigt il effleura le milieu de la lèvre supérieure. Elle était sèche. La peau en semblait épaisse. Mais la fille se mit à lécher ses lèvres et ne s'arrêta qu'elles ne fussent humectées. Eguchi retira le doigt.

« Cette petite, embrasse-t-elle donc même en dormant ? »

Il se contenta cependant de lui caresser furtivement les cheveux autour de l'oreille. Ils étaient épais et raides. Le vieillard se leva pour se changer.

« Aussi solide que tu sois, si tu restes comme cela, tu vas t'enrhumer ! » dit-il, et il rentra les bras de la fille, puis il lui remonta la couverture sur la poitrine. Après quoi, il se serra contre elle. Elle se tourna vers lui et, avec un grognement, étendit les deux bras. Le vieillard avait été repoussé sans ménagement. La chose était si cocasse qu'il n'en arrêtait pas de rire.

« Eh bien, pour une apprentie, elle sait se défendre ! »

Elle avait été plongée dans un sommeil dont elle ne pouvait en aucun cas s'éveiller, et son corps était comme engourdi, de sorte que tout était possible avec elle, mais l'énergie nécessaire pour user de violence envers une fille dans cet état faisait désormais défaut au vieil Eguchi. Peut-être l'avait-il perdue depuis un moment déjà. A cause de son charme serein et de son docile consentement. A cause de l'intime abandon aussi de la femme. Il avait perdu la faculté de se jeter à perdre haleine dans l'aventure et la lutte. A présent, repoussé à l'improviste par la fille endormie, le vieillard, tout en riant, s'avisait de tout cela :

« C'est l'âge, somme toute ! » murmura-t-il. Il n'était pas réellement qualifié encore pour venir ici, comme les vieux qui fréquentaient cette maison. Cependant, ce qui l'avait incité à se demander avec une acuité inhabituelle si ce qui lui restait de vie virile n'était pas insignifiant, c'était sans doute la présence de cette fille à la peau noire et luisante.

Faire violence à une fille pareille, voilà qui semblait de nature à réveiller sa jeunesse. Eguchi était un peu dégoûté de la maison des « Belles Endormies ». Mais plus il s'en dégoûtait, plus souvent il y venait. L'envie de faire violence à cette fille, de briser les interdits de cette maison, de détruire les plaisirs odieux et secrets des vieillards, et de rompre ainsi avec cet endroit, lui remuait le sang et l'excitait. Cependant violence et contrainte étaient inutiles. Il était probable qu'il ne trouverait aucune résistance dans le corps de la fille endormie. Il lui serait même facile sans doute de l'étrangler. Toute énergie l'avait abandonné. Le sentiment d'un néant obscur l'avait envahi. Le bruit des hautes vagues, proches pourtant, lui paraissait venir de loin. C'était dû aussi à l'absence de vent sur la terre ferme. Le vieillard songeait aux sombres abîmes de la nuit sur la mer ténébreuse. Il se souleva sur un coude et approcha son visage du visage de la fille. Elle avait une respiration épaisse. Il renonça à lui baiser la bouche et laissa retomber son coude.

Le vieil Eguchi était resté dans la position où l'avait placé la fille à la peau noire en le repoussant des bras, de sorte qu'il avait la poitrine découverte. Il se glissa auprès de l'autre fille. Cel-

112

le-ci, qui lui tournait le dos, d'un coup de rein se retourna vers lui. D'une douceur accueillante jusque dans son sommeil, elle avait un charme délicat. L'une de ses mains vint se poser sur la hanche du vieillard.

« Voilà qui est parfait! » dit-il et, jouant avec les doigts de la fille, il ferma les yeux. Les doigts aux phalanges minces étaient flexibles, flexibles vraiment au point qu'il semblait qu'on pût les fléchir autant que l'on voulait sans les briser. Au point qu'il eût aimé les prendre dans sa bouche. Les seins étaient petits, mais ronds et fermes, et ils tenaient dans les paumes d'Eguchi. L'arrondi de la hanche avait une forme analogue. La femme est infinie, pensa le vieillard et, se sentant devenir triste, il ouvrit les yeux. La fille avait un long cou. Lui aussi était mince et beau. Il était mince et long, mais non pas tel que le voulait le goût japonais ancien. Il y avait un pli sur la paupière close, mais légèrement tracé, et peut-être disparaissait-il quand elle ouvrait l'œil? Ou bien apparaissait ou disparaissait-il selon les moments? Peut-être aussi un œil avait-il un pli et l'autre non? Dans le reflet du velours qui entourait la chambre, l'on ne discernait pas la nuance exacte de sa peau, mais le teint du visage était plutôt couleur de blé, si le cou était blanc, et l'attache du cou de nouveau tirait sur la couleur du blé; quant à la poitrine, elle était d'un blanc éclatant.

Il avait constaté que la fille noire était de taille élancée, mais celle-ci l'était certainement aussi. Eguchi tâtonna de la pointe du pied. Ce qu'il rencontra d'abord, ce fut la plante dure, à la peau épaisse, du pied de la fille noire. De plus, ce pied était moite. Le vieillard retira précipitamment le sien, mais il en éprouva une tentation. La parte-

113

naire du vieux Fukura qui était mort dans une crise d'angine de poitrine, n'était-ce pas cette fille noire, et ne serait-ce pas pour cela que cette nuit on les avait fait coucher à deux ? Cette idée le traversa soudain dans un éclair.

C'était cependant peu probable. N'avait-il pas entendu l'hôtesse lui dire à l'instant même que le vieux Fukura, en se débattant dans son agonie, avait couvert d'ecchymoses sa partenaire, du cou à la poitrine, et qu'on l'avait mise au repos en attendant que les marques disparaissent ? Eguchi, de la pointe de son pied, toucha une fois encore la plante du pied à la peau épaisse, puis il remonta à tâtons sur la peau noire.

Il en éprouva comme un frémissement qui semblait dire : « Ah ! confère-moi la vertu magique de la vie ! » Elle rejeta la couverture — ou plutôt la couverture électrique qui était en dessous. Elle sortit une jambe qu'elle étendit. Le vieillard, pris de l'envie de pousser tout son corps sur les nattes glacées, la contempla, de la poitrine au ventre. Il posa son oreille sur le cœur de la fille et en écouta les battements. Il pensait les trouver amples et forts, or ils étaient étonnamment faibles et touchants. Et de plus, n'étaient-ils pas un peu irréguliers ? Peut-être n'était-ce qu'une impression due à l'oreille incertaine du vieillard.

« Tu vas t'enrhumer ! »

Eguchi recouvrit le corps de la fille, puis coupa le contact de la couverture de son côté. Le sentiment lui était venu que la vertu magique d'une vie de femme était bien peu de chose. S'il lui serrait le cou, que se passerait-il ? C'était une chose fragile. Et le geste était facile même pour un vieillard. Il essuya de son mouchoir la joue qu'il lui avait appliquée sur la poitrine. C'était comme si la

114

moiteur de la peau de la fille s'était communiquée à la sienne. Et le bruit du cœur lui restait au fond de l'oreille. Le vieillard posa la main sur son propre cœur. Peut-être parce qu'il le tâtait lui-même, il lui sembla que celui-ci battait avec plus de vigueur.

Le vieil Eguchi tourna le dos à la fille noire et se retourna vers la fille délicate. Son joli nez, bien proportionné, parut à ses yeux presbytes plus élégant encore. Le cou incliné, mince, joli, long, en l'entourant de son bras glissé en dessous, il n'était pas impossible de l'attirer à lui. Tandis que le cou se mouvait avec souplesse, une odeur douce suivait son mouvement. Elle se mêla à l'odeur sauvage et forte de la fille noire derrière lui. Le vieillard se colla contre la fille blanche. Le souffle de celle-ci se fit rapide et court. Cependant, il n'avait pas à craindre qu'elle s'éveillât. Il resta un moment ainsi.

« Pardonne-moi, veux-tu ? Toi, la dernière femme de mon existence... »

La fille noire, derrière lui, paraissait haleter. Il étendit la main à tâtons. Ce qu'il trouva était moite comme les seins.

« Calme-toi ! Entends les vagues de l'hiver et calme-toi ! » dit-il, s'efforçant de modérer les battements du cœur.

« Cette fille est comme anesthésiée. On lui aura administré une substance toxique ou quelque drogue énergique. Et pourquoi fait-elle cela ? N'est-ce pas pour de l'argent ? » Le vieillard essayait de s'en persuader, mais quelque chose le faisait hésiter. Il savait certes qu'il n'existait pas deux femmes semblables, mais cette fille était-elle assez folle pour oser affronter ce qui lui laisserait pour le reste de ses jours une tristesse déchirante, une blessure incurable? Un homme de soixante-sept ans comme Eguchi est fondé à considérer que tous les corps de femmes se ressemblent. De plus, il n'y avait de la part de cette fille ni consentement, ni refus, ni réaction d'aucune sorte. La seule différence avec un cadavre était qu'un sang chaud, qu'un souffle vivant la traversait. Et puis non, tout de même, il y avait une différence essentielle avec un cadavre, à savoir que demain elle se réveillerait vivante. Cependant, il n'y avait de sa part ni amour, ni vergogne, ni peur. Après son réveil, il ne subsisterait en elle que haine et repentir. Elle ne saurait pas même qui était l'homme qui l'aurait déflorée. Elle ne pourrait que supposer qu'il s'agissait de l'un des vieillards. Probablement ne le dirait-elle même pas à l'hôtesse. Qu'il enfreigne les interdits de cette maison pour vieillards, comme sans aucun doute elle en garderait le secret, personne en définitive, hormis elle-même, n'en saurait jamais rien. La peau de la fille délicate collait à lui. Quant à la fille noire, peut-être commençait-elle à sentir le froid maintenant que la couverture électrique était éteinte de son côté, car son corps nu était venu se presser contre le dos du vieillard. Une de ses jambes avait été jusqu'à attirer celles de la fille blanche. Eguchi, qui trouvait la situation plutôt cocasse, se sentait vidé de ses forces. A tâtons, il prit le somnifère à son chevet. Il était si bien coincé entre les deux filles que sa main même en perdait sa liberté de mouvement. Il posa la main, paume ouverte, sur le front de la fille blanche et contempla les habituels comprimés blancs.

« Si j'essayais de m'en passer cette nuit ? » murmura-t-il. Il était certain que c'était une substance relativement active. En peu d'instants, elle vous endormait infailliblement. Pour la première fois, Eguchi eut un doute : les vieux clients de cette maison avalaient-ils tous docilement la drogue, conformément aux instructions de l'hôtesse ? Cependant, s'il en était pour refuser le sommeil en laissant là le somnifère, ceux-là à l'horreur de la vieillesse n'ajoutaient-ils pas une horreur supplémentaire ? Eguchi, pour sa part, estima qu'il ne faisait pas partie encore de ces horribles vieillards. Une fois de plus, il prit donc la drogue. Il se souvint d'avoir exprimé le désir qu'on lui donnât de celle-là même au moyen de laquelle on endormait les filles. La femme avait répondu que « c'était dangereux pour les vieux messieurs ». Cela avait suffi pour qu'il n'insistât point.

Cependant, le « danger » était-il de mourir dans son sommeil ? Eguchi n'était rien de plus qu'un vieil homme de condition très ordinaire, et pourtant parce qu'il était homme, par moments, il tombait dans le vide de la solitude, dans le dégoût de l'isolement. Une maison comme celle-ci ne serait-elle pas l'endroit idéal pour mourir ? Mourir en excitant la curiosité, en s'attirant les sarcasmes, n'était-ce pas une façon de finir en beauté ? Ce serait à coup sûr une surprise pour ceux qui le connaissaient. Il était difficile de savoir à quel point sa famille en serait affectée, mais à supposer qu'il meure couché entre deux jeunes femmes comme cette nuit, ne serait-ce pas la satisfaction de ce qu'il pouvait désirer de mieux dans ce qui lui restait de vie ? Oui, mais ce n'est pas ainsi que les choses se passeraient. Son cadavre serait transporté, comme celui du vieux Fukura, dans une auberge thermale minable, et l'on ferait croire qu'il s'était tué là en prenant une trop forte dose de somnifère. Comme il n'y aurait pas de lettre pour en expliquer les raisons, on mettrait cela sur le compte du désespoir de vieillir, et l'affaire serait close. Il lui semblait voir le mince sourire qui flotterait sur les lèvres de l'hôtesse.

« Quelles sottes imaginations! Et puis, ne parlons pas de malheur! »

Le vieil Eguchi rit, mais son rire ne sonnait pas clair. Déjà le somnifère commençait à agir un peu.

« Allons, je vais tirer cette femme du lit et je vais me faire donner de la drogue des filles! » murmura-t-il. Cependant, il n'était guère vraisemblable qu'elle lui en donnât. Du reste, cela le contrariait d'avoir à se lever et il n'était pas d'humeur à le faire. Il se coucha donc sur le dos et, de ses deux bras, prit les deux filles par le cou. L'un était flexible, tendre et parfumé, l'autre était dur et moite. Dans le for intérieur du vieillard, quelque chose sourdait et l'envahissait. Il contemplait la tenture cramoisie à droite et à gauche.

« Ah!

— Ah! ah! » fit la fille noire comme pour lui répondre. Sa main appuya sur la poitrine d'Eguchi. Souffrait-elle? Eguchi dégagea son bras et tourna le dos à la fille noire. Il étendit ce bras vers la fille blanche et le cala dans le creux de sa hanche. Puis il ferma les paupières.

« La dernière femme de ma vie! La dernière femme, à supposer même..., se disait-il. Mais au fait, ma première femme, qui était-ce donc?... » Dans sa tête il y avait, plutôt que de la lassitude, une sorte de fascination.

La première femme : « C'est ma mère! » Cette idée le traversa avec la soudaineté de l'éclair. « Ce ne peut être nulle autre que ma mère! » Cette réponse tout à fait inattendue s'était imposée

118

comme une évidence. « Ma mère, peut-on dire qu'elle était pour moi une femme? » Et avec cela, c'était à l'âge de soixante-sept ans, alors qu'il était étendu entre deux filles nues, que cette vérité avait jailli à l'improviste du fond de sa poitrine. Profanation? ou admiration? Le vieil Eguchi ouvrit les yeux comme pour dissiper un cauchemar et plusieurs fois battit des paupières. Cependant, le somnifère agissait déjà et il ne parvenait pas à retrouver une conscience nette; il sentait venir comme un sourd mal de tête. A demi assoupi, il s'efforçait de chasser l'image de sa mère et, avec un soupir, il posa ses paumes sur les seins des filles, à droite et à gauche. L'un était lisse, l'autre était moite; le vieillard ferma les yeux.

La mère était morte une nuit de l'hiver de la dix-septième année d'Eguchi. Lui et son père tenaient chacun une de ses mains. Les bras de la malade qui se mourait d'une lente consomption n'avaient plus que les os, mais elle s'agrippait à sa main avec tant de force qu'il en avait mal aux doigts. Le froid de ses doigts à elle montait jusqu'à l'épaule du fils. L'infirmière qui lui avait frictionné les pieds s'était retirée silencieusement. Sans doute était-ce pour aller téléphoner au médecin.

« Yoshio! Yoshio!... » avait appelé la mère d'une voix entrecoupée. Eguchi avait deviné aussitôt, et il avait doucement caressé sa poitrine haletante; au même instant, elle avait vomi une grande quantité de sang. Par le nez aussi du sang avait coulé. Elle suffoquait. Il était impossible d'étancher tout le sang avec la gaze ou avec la serviette préparée à son chevet.

« Yoshio, essuie-la avec ta manche! avait dit le

père. Madame l'infirmière! Madame l'infirmière, la cuvette, et de l'eau!... Oui, c'est cela! un nouvel appui-tête, et une robe de nuit, et puis un drap!... »

Quand le vieil Eguchi avait pensé : « Ma première femme, c'était ma mère! » il était naturel que ce fût l'image de sa mère mourante qui lui revînt à l'esprit.

« Ah! » Il voyait couleur de sang la tenture cramoisie qui entourait la chambre secrète. Il eut beau fermer ses paupières, il lui semblait retrouver au fond de ses yeux cette couleur rouge, indélébile. De plus, sous l'effet du somnifère, sa tête vacillait. Et puis ses deux paumes reposaient sur les seins juvéniles des deux filles. La résistance de sa conscience et de sa raison était à moitié engourdie, et il sentait comme des larmes s'accumuler au coin des yeux.

« En un pareil endroit, comment l'idée a-t-elle pu me venir que ma mère était ma première femme? » se demandait-il, intrigué. Cependant, parce qu'il avait décidé que sa mère avait été sa première femme, il était incapable désormais d'évoquer le souvenir des compagnes de plaisir qui avaient suivi. Après tout, c'était son épouse sans doute qui avait été sa première femme digne de ce nom. Voilà qui était parfait, mais sa vieille épouse, dont les trois filles étaient déjà mariées, dormait seule en cette nuit d'hiver. Ou plutôt non, elle ne devait pas dormir encore. Là-bas, certes, il n'y avait pas ce bruit de vagues, mais le froid de la nuit y était peut-être plus vif qu'ici. Le vieillard se demanda ce qu'étaient pour lui les deux seins qu'il sentait sous ses paumes. Quelque chose qui continuerait à vivre, parcouru par un sang chaud, quand lui-même serait mort. Cependant, qu'étaient-ils pour lui? Il rassembla ce qui lui restait de force pour les serrer. Les filles, dont les seins participaient de leur profond sommeil, ne réagirent pas. Quand Eguchi avait caressé la poitrine de sa mère sur son lit de mort, il va de soi qu'il en avait effleuré les seins affaissés. Il ne les avait pas sentis comme des seins. Il n'en gardait à présent nul souvenir. Ce dont il pouvait se souvenir, c'était des jours d'enfance où, dans son sommeil, il cherchait les seins de sa mère jeune.

Il avait l'impression de s'enliser peu à peu dans la somnolence et il retira ses mains de la poitrine des deux filles afin de prendre une position plus confortable pour dormir. Il se tourna vers la fille noire parce que l'odeur de cette fille était puissante. Le souffle de la fille était rauque et le frappait au visage. Elle avait les lèvres entrouvertes.

« Tiens, c'est mignon, cette dent poussée de travers ! » Et le vieillard tenta de la saisir entre ses doigts. C'était une molaire, mais elle était petite. Si le souffle de la fille n'était venu le toucher, peut-être eût-il baisé l'emplacement de cette dent. Cependant, comme ce souffle épais l'empêchait de dormir, il se retourna. Malgré cela, il sentait toujours le souffle de la fille, sur sa nuque cette fois. Elle ne ronflait pas, mais sa respiration était bruyante. Eguchi rentra la tête dans le cou autant qu'il put, et rapprocha son front de la joue de la fille blanche. Celle-ci faisait peut-être la grimace, mais elle avait l'air de sourire. La peau moite au contact de son dos l'agaçait. Elle était froide et gluante. Le vieillard sombra dans le sommeil.

Etait-ce d'être coincé entre les deux filles qui lui rendait le sommeil pénible, toujours est-il qu'il fut assailli par une succession de cauchemars. Il n'y avait aucun lien entre eux, mais c'étaient des rêves érotiques désagréables. Et puis, tout à la fin, alors qu'Eguchi revenait de son voyage de noces, il trouvait la maison comme ensevelie sous des fleurs pareilles à des dahlias rouges qui s'agitaient au vent. Doutant que ce fût sa maison à lui, il hésitait.

« Tiens, te voilà de retour ? Qu'as-tu donc à rester planté là ? disait sa mère qui pourtant devait être morte, en sortant pour l'accueillir. La jeune mariée serait-elle gênée ?

— Maman, qu'est-ce que c'est que ces fleurs ?

— Ah! çà... disait la mère sans s'émouvoir. Vite, entrez donc!

— Oui! Je me demandais si je ne m'étais pas trompé de maison. Je n'aurais pas dû me tromper, mais avec toutes ces fleurs... »

Dans la salle, un repas de fête était préparé pour recevoir les jeunes époux. La mère, après avoir entendu les salutations de la jeune mariée, était retournée à la cuisine pour réchauffer le bouillon. On sentait aussi une odeur de daurade grillée. Eguchi était sorti dans le couloir et contemplait les fleurs. Sa jeune épouse l'avait suivi.

« Ah! les belles fleurs! disait-elle.

— Oui! » Mais pour ne pas effrayer la jeune femme, Eguchi omettait d'ajouter : « Il n'y avait pas de fleurs pareilles à la maison... » Comme il fixait une fleur plus grande que les autres, d'un de ses pétales une goutte rouge tomba.

« Ah! »

Eguchi ouvrit les yeux. Il secoua la tête, mais il était étourdi par le somnifère. Il se retourna vers la fille noire. Le corps de la fille était froid. Le vieillard frissonna. Elle ne respirait plus. Il mit la main sur son cœur : il ne battait plus. Eguchi se leva d'un bond. Ses jambes le lâchèrent et il tomba. Tremblant de tous ses membres, il se rendit dans la pièce voisine. Il regarda autour de lui et trouva la sonnette d'appel à côté du *toko-no-ma*. Mettant toute sa force dans son doigt, il appuya longuement sur le bouton. Dans l'escalier, un pas retentit.

« Pendant que je dormais, n'aurais-je pas étranglé la fille sans le savoir ? »

Le vieillard, se traînant presque à quatre pattes, revint dans la chambre pour voir le cou de la fille.

« Vous est-il arrivé quelque chose ? dit l'hôtesse en entrant.

— Cette petite est morte ! » Les mâchoires d'Eguchi ne joignaient plus. La femme, sans s'émouvoir, et tout en se frottant les yeux :

« Elle est morte ? Il n'y a pas de raison !

— Elle est morte, vous dis-je ! Elle ne respire plus. Le pouls est arrêté. »

La femme, cette fois, changea de couleur, et elle se laissa tomber sur les genoux au chevet de la fille noire.

« Elle doit être morte ! »

La femme retira la couverture et examina la fille.

« Monsieur, avez-vous fait quelque chose à cette fille ?

— Je ne lui ai rien fait !

— Elle n'est pas morte ! Ne vous inquiétez pas, monsieur..., dit la femme en faisant effort pour rester froide et impassible.

— Elle est bien morte ! Vite, appelez un médecin !

— ...

— Mais au fait, que lui a-t-on fait prendre ? Il peut y avoir des constitutions qui n'y résistent pas.

« — Ne vous affolez pas trop, monsieur. En aucun cas vous n'aurez d'ennuis... Du reste, on ne donnera pas votre nom...

— Mais elle est morte !

— Je ne pense pas qu'elle soit morte !

— Quelle heure est-il donc ?

— Quatre heures passées. »

La femme prit la fille nue dans ses bras et se releva, mais elle chancela.

« Je vais vous aider !

— Inutile, il y a un homme en bas...

— Cette petite doit être lourde !

— Ne vous tracassez pas inutilement, monsieur ; allez vous reposer tranquillement. Il vous reste une autre fille encore. »

Il lui restait une autre fille encore ! La manière dont elle avait dit cela choqua le vieil Eguchi plus que tout ce qu'il avait de sa vie pu éprouver. C'était bien vrai, sur la couche de la chambre voisine il lui restait la fille blanche.

« Allons donc, comment pourrais-je dormir ? » Il avait dit cela avec de la colère dans la voix, mais il s'y mêlait de la lâcheté et de la frayeur. « Moi, après cela, je m'en vais !

— Laissez donc cela ! Si vous partez d'ici à l'heure qu'il est, vous risquez d'éveiller des soupçons inutiles...

— Mais comment voulez-vous que je dorme ?

— Je vais vous apporter un médicament. »

La femme, dans l'escalier, faisait un bruit comme si elle traînait la fille noire. Le vieillard, maintenant, s'apercevait que le froid le gagnait, sous sa robe de coton. La femme remonta avec un comprimé blanc.

« Voilà ! Prenez ceci, s'il vous plaît, et dormez tranquillement jusqu'à demain matin !

124

— Ah! bon. » Le vieillard ouvrit la porte de la chambre voisine; les couvertures que tout à l'heure il avait rejetées précipitamment étaient dans l'état où il les avait laissées, et le corps nu de la fille blanche était étendu là dans sa beauté éblouissante.

« Ah! » fit Eguchi, et il la contempla.

Le bruit d'une voiture se fit entendre, qui sans doute emportait la fille noire, puis il s'éloigna. L'avait-on emportée dans l'auberge suspecte où déjà l'on s'était débarrassé du cadavre du vieux Fukura ?

*Imprimé en France sur Presse Offset par*

**BRODARD & TAUPIN**

GROUPE CPI

La Flèche (Sarthe).
N° d'imprimeur : 26848 – Dépôt légal Éditeur : 53629-02/2005
Édition 14
LIBRAIRIE GÉNÉRALE FRANÇAISE – 31, rue de Fleurus – 75278 Paris cedex 06.

ISBN : 2 - 253 - 02989 - 0　　　　　　　　♢ 42/3008/2